「領民の皆さんは、
普段から
こういう服を
着ているのですか？」
私は、意外と動きやすい
パルーシャのスカートを広げて見せる。
布を重ねてあるというのに、
軽くて風通しがよい。

「ありがとう、メルフィエラ」
アリスティード・ロジェ・ド・ガルブレイス

帽子の影になっていたけれど、
その時のアリスティード様の笑顔は、
今まで見てきた笑顔の中で一番綺麗で。
でもとても哀しそうで。
私はこの強く優しい人のことを、
もっとずっと深いところまで知りたいと思った。

「ロジェ様」

メルフィエラ・マーシャルレイド

ラッケの辛蜜(からみつ)焼き パン挟み

見送りに来てくれたアリスティード様が、
私を見て挙げかけた手で慌てたように口を塞いだ。
「来たか、
メルフィ……
なっ、あ、いや、
かわい」
ケイオス・ラフォルグ
横にいたケイオスさんから突かれて、
仕切り直したようにゴホンと咳払いをする。
「なかなかに可愛い、いや、勇ましいな。
うむ、三つ編みとやらも悪くない」
「おろしたままだと邪魔になりそうで。
それに服も、汚してしまったらごめんなさい」

# 悪食令嬢と狂血公爵

～その魔物、私が美味しくいただきます！～

3

星彼方

イラスト　ペペロン

第一章
悪食令嬢、憧れの鍛冶工房へ 007

第二章
曲者ぞろいの砦長たち 063

第三章
詰め物をした害獣をこんがり窯焼きで～食材：モルソ～ 093

第四章
いざ、ユグロッシュ塩湖へ出発 128

第五章
ユグロッシュ百足蟹討伐大作戦 166

第六章
焼いた石で蒸し焼き蟹～食材：ユグロッシュ百足蟹～ 201

第七章
嵐を呼ぶ書状 225

番外編
苦労性補佐官はかく語りき3 257

# 第一章

## 悪食令嬢、憧れの鍛冶工房へ

「キャウ！」

小さな天狼が駆け寄って来て、私の足元に獲ってきた獲物をぽとりと落とす。誇らしげにひと鳴きしたその仔の頭を撫でた私は、獲物——モルソを拾い上げると野営用の天幕に入った。

天幕には色々なものが準備してある。私は調理器具が入った木箱の中から小型の刃物を取り出すと、モルソをキュッと捻って内臓を出し、食べやすいように捌いてあげた。

「はい、どうぞ。召し上がれ」

「キャウッ、キャウキャウ！」

内臓の臭い部分は人と同じく天狼も好きではないらしい。嫌がった仔天狼が犬のようにして脚で土をかけようとしたので、私は内臓を廃棄処分用の壺に入れた。それから置いてあった浄化水で手を清める。モルソのような小さな魔獣はコツさえ摑めば手を汚さなくても内臓を処理できるのでさほど汚れていない。モルソの肉の匂いを嗅いでいた仔天狼が腹肉から食べ始めた。

「ふふふ、ずいぶんと食べ方が上手になって」

まだ小さいとは言っても野生の魔獣だ。口の周りの白い毛並みがモルソの血で汚れてしまい、護衛のリリアンさんが「ああっ」と悲鳴をあげた。私や公爵様の部屋に出入りする仔天狼は、リリアンさんやナタリーさんたちブランシュ隊の皆さんが毎日欠かさず綺麗にしてくれている。きっと今朝はリリアンさんが担当だったのだろう。

「あなたのお母様は、いつ森に還るのかしらね？」

私は顔を上げると結界魔法が施された空間に目を向ける。一心不乱に食べ続ける仔天狼の向こう側、母天狼の治療のために作った簡易の寝床に、その母天狼がのんびりと横になっていた。

狂化の傾向が見られた母天狼の治療を終えてから今日で十日目。天狼の親子はミッドレーグ城塞の庭に棲みついていた。

つい先ほど採取した血からは魔毒は検出されなかった。毎朝毎晩経過観察をしていたけれどさすがは野生の魔獣、回復は早かった。それに右後ろ脚の怪我もここの飼育員たちから手厚い治療を受けて十分に回復している……はずだ。騎士たちが狩ってきた魔獣をもりもりと平らげる姿には、弱っていた頃の名残はもうない。それに、四日ほど前から庭をうろうろしたり、上空を『天翔』の魔法で駆けたりするようになっていた。公爵様が、「よもや、このままここで冬を越すつもりではあるまいな」と心配するくらいミッドレーグでの暮らしに慣れきってしまっている。

「姫様、もうそろそろお時間になりますけど大丈夫なんですか？」

物思いにふけっていた私は、リリアンさんの呼びかけにハッとする。そうだった、今日はこれから大事な約束があるのだ。

まだモルソに夢中な仔天狼を残していくのはどうなのかと思っていたら、リリアンさんが天狼当番の騎士を呼んでくれた（今のところ人に危害を加えていないけれど、天狼は野生の魔獣なので当番制で見張っているのだ）。

申し訳なく思いながらもお願いすると、騎士は二つ返事で快く引き受けてくれた。人懐こい仔天狼は姿も仕草も可愛らしい。モルソに夢中な仔天狼を見下ろした騎士は、優しい顔を向けていた。

「リリアンさん、お部屋に戻りましょうか」

私は刃物を綺麗にしてから当番の騎士たちに挨拶をし、リリアンさんと共に天幕を離れる。

「姫様、近道なので隠し扉から行きましょう。初めてのお出かけに相応しい秋晴れなんですから、きっとラフォルグ夫人がやきもきしながら待ってると思いますよ」

そう言ったリリアンさんの後について行くと、小さな紋様が浮かぶ壁の前にたどり着く。私が公爵様に教わった通りに魔力を込めて呪文を呟く（つぶや）と、何もない場所にぽっかりと入口が開いた。何度見ても不思議な魔法の出入口だ。

「城下街に行くだけなのに、そんなに気合いを入れなきゃ駄目かしら？」

別に今着ている茶色に赤い葉の模様が入った服でもいいと思った私の呟きに、リリアンさんが反論する。

「駄目に決まってます！　閣下とのお出かけですよ？」

「でも、着飾っても汚してしまうかもしれないのに」

「大森林に魔物を屠（ほふ）りに行くんじゃないんですから汚れたりしませんってば。姫様は閣下をあっと言わせるような綺麗な装いで驚かせてみたくないんですか？」

十五歳のリリアンさんは恋愛ごとに興味津々なので、私と公爵様の関係が非常に気になっているらしい。公爵様はそのままの私でいいと仰ってくれたけれど、思えば頭から血塗(ちまみ)れだったり、魔物の血で汚れた服だったり、身も清めていないボサボサの髪によれよれの服だったりと散々な姿しか見せていないような気がする。

（でも、晩餐(ばんさん)の際に盛装をした時、公爵様は嬉(うれ)しそうだったから……）

改めて装いについて考えてみると、私も公爵様の豪奢(ごうしゃ)な外套(がいとう)を翻す姿や裾の長い騎士服が好きだ。簡素な服もとても格好いい。公爵様は元々長身で立派な体躯(たいく)をしていて美丈夫だから、何を着ても似合うので目のやり場に困る。そう、直視するとあまりの格好よさに赤面してしまうので、私は密かに困っているのだ。

◇　◇　◇

「メルフィ、刃物は持ったか？」

公爵様が爽やかな笑顔で聞いてくる。

いつもは琥珀色(こはくいろ)の目が若干金色になっているのはどうしてなのだろうか。もしかしたら直前まで何かの魔法を使っていたのかもしれない。ベルゲニオンと天狼の襲撃のせいで、城壁に設置した魔法障壁を張り直したと聞いている。ここ数日、魔法師長のオディロンさんが公爵様の執務室に入り浸っていたからきっとそうに違いない。

公爵様は領民と同じような服を着て変装していたけれど、滲み出る威厳のせいで全く変装になっていなかった。ざっくりとした白い長袖の服に、濃い茶色の袖なし上衣。それと、薄茶色のズボンというどこにでもある服だというのに、言わずもがな格好いい。

「はい！　いただいた鞄に入れました。ルセーブルの鍛冶工房に連れて行ってくださるなんて夢のようです！」

「約束だったからな。それに俺も、お前に街を案内したかったのだ」

公爵様が、紫色の飾り羽が付いた上衣と同じ素材の帽子を被る。

「うむ、やはりこういう服は動きやすくていいな。お前のそういった髪型も新鮮だ」

「子供っぽくはないでしょうか」

「町娘といった感じがしていいと思うぞ？　今日は一応、お忍びだからな」

私が部屋に戻ると、リリアンさんの言う通り、ラフォルグ夫人以下侍女の皆さんが気合いを入れて待っていた。ただし準備されていたのは盛装ではなく、ガルブレイス地方で盛んに着られているという服だ。

妙に嬉しそうな侍女の皆さんが手際よく支度を整えてくれる。私は今、公爵様と同じ白い長袖の上から袖なしで裾が長い紺色の上衣を羽織り、『パルーシャ』と呼ばれる薄い布を幾重にも重ねてふんわりと仕上げた白いスカートを穿いていた。袖なしの上衣には複雑な刺繍が施されており、腰は様々な模様入りの太い帯で飾るのだ。

そして髪型は二つに分けた三つ編みにしていた。マーシャルレイドでは二つに分けた三つ編みは子供の髪型だ。しかしここでは違うらしい。仕上げにパルーシャのような布を重ねてひだを作った頭巾を被ると、ガルブレイス娘の出来上がりというわけだった。

「領民の皆さんは、普段からこういう服を着ているのですか？」

私は、意外と動きやすいパルーシャのスカートを広げて見せる。布を重ねてあるというのに軽くて風通しがよい。すると、公爵様が空咳をして視線を逸らした。

「着ることもあるというかだな。期間限定の女性限定というか、そ、そんなところだ」

期間限定の女性限定。確かに公爵様はパルーシャを穿いていないのでそうなのだろう。期間限定ということは、温かい地方特有の秋の装いなのかもしれない。

「まあ、閣下。『そんなところだ』ではありませんよ。ガルブレイスの女性にとって、パルーシャの衣装は憧れなのですからね」

公爵様の説明が納得いかなかったのか、ラフォルグ夫人が口を挟む。侍女の皆さんも夫人に同意するようにうんうんと頷いた。

「まったく、荒事ばかりにかまける殿方はこれですからね。メルフィエラ様、パルーシャは……いえ、これは私の口から説明しても意味がありません。閣下から直接お聞きくださいませ」

ラフォルグ夫人の目がきらりと光ったように見えたのは、多分見間違いではないと思う。心なしか女性陣の見えない圧が強い。うっと声を詰まらせた公爵様が、気を取り直して「こんなところで言えるわけがないではないか」とラフォルグ夫人に文句を言う。

私が公爵様とラフォルグ夫人を交互に見ると、ぽりぽりと頰を掻いた公爵様が少し目元を赤くして手を差し出してきた。

「遅くなるとガレオの機嫌が悪くなるからな。とりあえず出発するぞ」

私は公爵様の手を取る。すると公爵様はしっかりと握り返してきた。

「今日はよろしくお願いいたします」

「ああ。行きたがっていた魔法道具屋にも連れて行こう。ほしいものがあれば好きなだけ言うといい」

「まあ、魔法道具屋まで！」

天狼の治療でマーシャルレイドから持ってきた魔法道具が足りなくなっていたのだ。こんなにも早く新しい魔法道具が手に入るなんて思っていなかったので、余計に嬉しい。それに、ガレオさんの工房では私専用の料理用刃物を造ってもらえるのだ。

「公爵様、ありがとうございます」

私が礼を述べると、公爵様は「こんなことで喜んでもらえるのであれば、毎日でも連れて行ってやる」と言ってくれた。さすがに毎日は行き過ぎだけれど、その心遣いが嬉しい。

ラフォルグ夫人以下侍女の皆さんと居残りのリリアンさんに見送られて、私と公爵様は城の正面の出入口から外へ出る。赤い絨毯が敷かれた長い廊下を抜けると、そこには黒鉄の鎧に身を包んだ騎士たちが出入口の両側に並んで待ち構えていた。実は入城の際に私はここを通らなかったので、並び立つ騎士たちの勇ましい姿に驚いてしまった。ミッドレーグ城塞は、王城とまではいかなくとも公爵家に相応しい権威ある場所であったのだ。

馬車に乗るのかと思いきや、公爵様は私と手を繋いだまま正面の階段を降りる。それから大通りには向かわず、細い路地に入り込んでしまった。

「公爵様？」

「ん？　ああ、悪い。いつもの癖でな。お前は徒歩で大丈夫か？」

「靴も踵が低いので歩くのはかまいません……でも、護衛の方がついて来ておりませんが」

そうなのだ。護衛のリリアンさんには見送られ、途中ですれ違ったケイオスさんからは、「夕食は食べて来られますよね？」と確認されただけであった。マーシャルレイドでも歩くのが普通だったから馬車はなくてもいいけれど、公爵様はこのガルブレイスの領主だ。お目付役や護衛の二人や三人くらいついて来るのが普通だと思う（お父様が外出する際も護衛がいたので）。

「勝手知ったる自分の城下街だ。護衛など成人してから付けたことがないな」

「え？」

「魔物を狩りに行くなら一人では危険だが、人相手なら俺だけで十分だ」

いつもの装いであれば公爵様は帯剣している。しかし今日の公爵様は、武器などを一切身につけていないように見える。

「心配しなくとも俺が護る」

瞬間、金色に輝いた公爵様の目を見て私は納得した。そうだった。公爵様は最強の魔法師でもあるのだ。

「それに、ミッドレーグの住人の二割が騎士だからな。そこら中に非番の騎士がうろついている」

だから何も心配するなと言った公爵様に安心して頷いた私だが、心配なのはそれだけではないことにはたと気づく。

護衛がいない、ということは、公爵様と二人だけのお出かけなのだ。

（ふ、二人きり！）

急にドギマギしてきた私は、動揺のあまり公爵様の手をぎゅっと握り返してしまった。

城に近い場所の建物はどれも三階から五階建てくらいの高さがあった。マーシャルレイドにはない造りの街並みに私は胸を高鳴らせる。

建物と建物の間の細い路地を通り抜けること数回。ガレオさんの鍛冶工房までの道を知らない私は、公爵様に手を引かれたままついて行くしかない。

（まるで迷路みたい）

万が一はぐれてしまったことを考えて、私は道順を覚えようとしてみたけれど、規模が大き過ぎて難しそうだ。

「こんなに入り組んだ道だと迷ってしまいそうです」

「ここは城塞都市だからな。わざと迷いやすいように造ってあるのだ」

「わざとしているのですか？」

荷車が通過するための大きな道もきちんと整備されている。でも右に左にくねくねと曲がっていて、横道が至るところに延びていた。公爵様はこちらの方が近道だからと、横道をずんずんと進んで行く。

「攻めてくるのは魔物に限らない……と、歴代公爵が考えたのだろう。だが、迷いやすいということは死角がたくさんあるということにもなる。よからぬことを考える輩は山ほどいるからな。秩序を保つのは大変なのだ」

確かにここまで歩いてくるまでに、あちこちで巡回中の騎士とすれ違っていた。細い道をすれ違う時、彼らは決まって立ち止まり、私たちのために道を開けてくれる。それは誰に対しても同じのようで、騎士たちは変装した公爵様には気づかないのか呼び止められることはなかった。

でも、住人たちはそうではない。私の服を見ては「おめでとう」という言葉や、ひやかすような口笛を吹いてくるので、私はなんとなくこの『パルーシャ』の装いの意味を悟ってしまった。

（確かに婚約中だから、間違いではないのだけれど……）

パルーシャは多分、婚姻が決まった女性だけが身につけることができる衣装なのだ。マーシャルレイドでも、婚約した女性は春を告げるフルレの花模様の胸飾りを身につける風習がある。

すれ違う人と顔を合わせるのも恥ずかしくなってきた私は、人を見ないようにするために建物に目を移す。ここに来た際は空から入ってきたのでよくわからなかったけれど、灰色の石造りの建物には至るところに魔法陣らしきものが描いてあった。

（あっ、あそこにも。魔法陣と、魔物の絵？）

子供の落書きのような絵に見えて、気になった私はその絵と魔法陣を読み解こうと壁に目を凝らす。思わず足が止まってしまいそうになった私の様子に、公爵様がすぐに気づいた。

「あれが気になるのか？」

「はい、絵の魔法陣なんて初めて見ます」

「そうなのか？」

するとと公爵様がわざわざ立ち止まってくれた。三つある魔法陣のうち、ひとつは私もよく知っているものだ。

「こちらの魔法文字のものはネルズ除けですね」

「ああ、やつらはどこにでもいるからな。ちなみにその隣の魔法陣もネルズ対策のためのものだ。ここの住人はよほどネルズが嫌いらしい」

ネルズは穀物を主食とする胴の長い害獣だ。マーシャルレイドでも、調理場や穀物倉庫などにネルズ除けの魔法陣を描いていた。でも、少しだけ魔法陣の中身が違うような気がする。

「公爵様。それなら、この可愛らしい魔物の絵もネルズ除けの魔法陣なのですか？」

丸い頭に大きな目がひとつ、そして頭から直接生えた長細い尻尾が一本。見たことのないその形状に、私は自分が知っている魔物の中に近い種類がいないか記憶を探してみる。ひとつ目の魔物はいるにはいるが、どれも違うような気がする。

「そいつは、『バルドゥース』という魔物だ。エルゼニエ大森林の奥深くに棲んでいたらしい。今はもう絶滅してしまった古（いにしえ）のドラゴンでな、その目で全てを見通すことができたという伝承から、盗っ人除けとして描いてあるのだ」

「バルドゥースですか。ドラゴンというよりは丸い身体の蛇のように見えますね。ふふふ、愛嬌（あいきょう）があって可愛らしい」

するとと、公爵様が「可愛いのか、あれが」と唸（うな）るような声を出した。

「ええ、とても可愛らしいお目目だと思います。味はどうなのかわかりませんけれど」

「バルドゥースの味を気にするのはお前だけだぞ？　だが、確認しようにも相手はもう伝承の中にしかいない魔物だ。食べさせてあげられずすまないな」

「ふふふ、エルゼニエ大森林には他にもたくさん美味しそうな魔物がいますから。でも、お気遣いありがとうございます、公爵様」

こんな些細（ささい）なことにも気を遣ってくれる公爵様に、私は笑顔でお礼を述べる。精霊信仰が盛んではないとはいえ、一般的ではない私の趣味を尊重してくれる人なんて他にはいない。

　すると、公爵様が何かを考えるような、なんとも言い表すことができない微妙な顔になった。

「それなんだがな、メルフィ」

「なんですか？」

「一応、俺たちはお忍び中というか、領主とその婚約者ということを伏せている」

　それを聞いて、私はしまったと思った。そういえば私は先ほどから無意識に「公爵様」と呼んでしまっている。いくら自領の城下街とはいえ、護衛もつけていないお忍び中に迂闊（うかつ）なことをしてしまった。

　ハッとして思わず謝りかけた私の唇に、公爵様が示指を当ててくる。

「謝罪の必要はない。ただ、その、な。前にも言ったが、俺のことは名前で呼んでくれ。『アリスティード』か『ロジェ』か、まあ、呼びやすい方でいい」

「そ、そうでした。でも、ここでアリスティード様と呼んでしまうと領主様のお名前だとバレてしまうかも……でしたら、ロジェ様、ですか？」

　公爵様のアリスティードというお名前は、生まれた時に付けられた名前で王子時代からずっと使われているものだ（ラングディアス王国の貴族にはよくあることで、最初の名前が公式名で、二番目、三番目に連なる名前は後から付けられた名前である）。この場合ロジェは後から付けられた名前なので、特別な時以外は使われないはずであった。

「うむ。ロジェは滅多に使わない方の名だが、お忍びにはうってつけの呼び名だろう」

照れ隠しのように軽く咳払いをした公爵様に、私は小さく「ロジェ様」と呟く。名前を呼び慣れていない私にとって、アリスティードもロジェも呼びかけるのは気恥ずかしい。

そんな私に追い討ちをかけるように、「いつまでも婚約者から公爵様としか呼ばれないのは哀しいものがある……」と言われてしまえば努力するしかない。いずれ夫婦になれば名前で呼び合うことなど普通になるのだし、予行練習と思えば容易いはずだ。それにこれまでだって、意識しなければ普通に名前を呼べていた（と、自分では思っている）のだから。

何故かウキウキとした様子で待ち構える公爵様……アリスティード様に対し、私は息を吸い込んで口を開く。ここはお忍び用に滅多に使わないという「ロジェ」がいいだろう。

「が、頑張ります………ロジェ様」

「うむ、うむ、そちらの名はもう誰も呼んでくれないからな。新鮮でいい！」

本当に嬉しそうに笑うアリスティード様に私も嬉しくなる。

再び手を繋いで歩き出した私たちに、通りすがりの住人たちがまたもや口笛で囃し立ててきた。アリスティード様は住人に向かって軽く手を挙げて笑っているけれど、婚約初心者の私には無理だ。せいぜい赤くなっているだろう顔を見られないように、うつむきがちに歩くしかなかった。

それからしばらく歩くと、かなり大きな通りに出た。人の往来も盛んで、道の両側にはずらりと店が建ち並んでいる。露店もたくさん出ていてまるで王都の賑わいのようだ。

それにここの通りの建物はどれも立派だった。

私は一番強固な造りの建物に目をとめた。五階建ての建物には『ガルブレイス狩猟協会』という看板がかけられている。その出入口には、騎士たちとはまた雰囲気の違う、物々しい装いの人たちが群がっていた。

（あら？　あの方たちは……）

「ロ、ロジェ様、あの方々は猟師なのですか？」

マーシャルレイドの猟師に比べて立派な体軀の人ばかりだ。それに、手にしている武器が明らかに猟師のそれではない。そう、彼らからは猟師というよりは『傭兵』に近いものが感じられる。

「一応、な。彼らはエルゼニエ大森林に立ち入りを許可された『魔物狩り』の者たちだ」

「まあ、大森林に入るのは許可が必要だったのですね」

それは初めて聞いた。確かに広大なエルゼニエ大森林はその全てがガルブレイス領の領地なので、許可制にしていてもおかしくはない。しかし、危険な魔物が跋扈する森に許可を得てまで立ち入ろうとする人がいるのには驚きだ。

私の顔にそう書いてあったのだろう。アリスティード様が説明してくれる。

「以前は誰でも立ち入りできたのだが、十七年前から魔物が活発化して負傷者に死者が多発してな。それに、魔物によっては希少な素材を手に入れることが可能なのだ。そういった素材は貴重な収入源になる。密猟や乱獲の問題もあるからな。エルゼニエ大森林で狩りをするには、ガルブレイス狩猟協会に登録しておかなければならないのだ」

「収入源……そういえばそう仰っておられましたね！」

この間のベルゲニオンの羽根も素晴らしい素材だったし、お土産にいただいたロワイヤムードラーの金毛もとても貴重なものだった。魔物には、王都の貴族たちや大商人たちがこぞって欲しがる角や牙、それに皮革を持つ個体がいる。それらは、誰かが危険をおかして狩らねば手に入らない。ガルブレイス狩猟協会にはそういった素材を売買して生計を立てる者たちが所属しているらしい。

「悔しいが現状はガルブレイスの騎士だけでは討伐が追いつかないからな。騎士ではないが魔物狩りの者たちは戦力になる。持ちつ持たれつというやつだ。大規模討伐では共闘することもあるしな。王国だけではなく国外からも腕に覚えのある者が集まってくる弊害として、治安が悪化しないように騎士たちが目を光らせなければいけないが。世の中はそんなものだ」

なるほど、利害が一致して組織されたもののようだ。人の流入が盛んになれば物流も増えて街も発展する。だけれど、いいこともあれば悪いこともある。きっと先ほどの『バルドゥース』の盗人除けは、そんな経緯で施されているのだろう。

ガルブレイス狩猟協会の前に差し掛かると、扉の前にいた魔物狩りと呼ばれる人たちの集まりから揉めるような声が上がった。彼らが荷車に乗せているのは仕留めてきた魔物だろうか。長い尾がはみ出しているけれど、一体なんの魔物なのかさっぱり検討もつかない。

「それは納得がいかねぇ！　とどめを刺した俺たちが七、お前らが三だろ」

「あいつに致命傷となる傷を与えたのは我ら『サノヴァの槍』だ。我々が六、そちらが四が妥当ではないか？」

「なんだと⁉」

「ならば依頼を受けた時の取り決めを反故にすると？」

どうやら取り分について双方の意見が食い違っているらしい。納得がいかないと主張する男性は筋骨隆々のいかにもな出立ちで、その仲間であろう人たちもバラバラの装備だけれど、『サノヴァの槍』と名乗った集団はおそろいの外套を羽織っていて統率が取れているように見える。私はサノヴァの槍の代表と思しき男性が身につけている帯飾りに見覚えがあった。白と青の糸を精霊花の模様に織り上げた帯飾りは、極北のティールブリンク公国の精霊信教で盛んに用いられているものだ。

（まあ、ティールブリンク公国からわざわざ？）

魔物を悪の化身と考えるティールブリンク公国の精霊信教徒の中には、『魔物祓い』と呼ばれる善行を行いながら国を行脚する者がいる。無償で魔物を討伐し、魔物の被害に苦しむ民を助けて徳を積むのが目的だ。ティールブリンク公国の国境にあるマーシャルレイドでも精霊信仰が根付いていて、精霊信教の教会もあるくらいに身近なものだけれど……。

（報酬を得るということは『魔物祓い』の善行ではないのかも）

騒ぎが大きくなってきたためか、狩猟協会の建物の中から職員の女性と眼帯をした男性が出てきた。

「もうっ、また貴方たちですか！　話なら中で聞きますから、代表者は仲裁申告書を提出してください！　あと、通行の邪魔になるので討伐してきた魔物は裏に運んでくださいね」

女性職員がテキパキと指示を出す横で、眼帯の男性が筋骨隆々の男性に近寄る。

「よう、ルアン。今日は何を狩って来たんだ？」

「ア、アザーロの旦那ぁ⁉　なんでここに」

「気にすんな、野暮用だ。ったく、ここで揉め事を起こすなって言ってるだろ。今回は譲ってやれ。悪(わり)ぃようにはしねぇから次は俺らの依頼を受けろよ、な」

「……旦那がそう言うならわかりやしたよ」

「ただでさえお前は面構えが怖(こえ)えことを自覚しろっての。ほら、あそこの可愛いお嬢さんが怯(おび)えてるだろうが」

眼帯の男性が明らかに私の方を向いてニヤッと笑う。それに気づいた筋骨隆々の男性もペコペコと頭を下げてきた。やり取りを盗み見ていたのは私で別に彼らのことが怖いわけではなかったけれど、私は小さく首を横に振ってアリスティード様の陰に隠れる。周りを行く人たちは騒ぎなど気にしていない様子で通り過ぎて行くので、きっと日常的なことなのだろう。

「どうした、メルフィ？」

「い、いえ。ここへは遥々ティールブリンク公国からも魔物を狩りに来ているのだな、と思いまして」

「ティールブリンク公国？」

アリスティード様が私の視線を追っていく。揉めていた魔物狩りの集団は、眼帯の人と一緒に狩猟協会の建物の中へ入っていくところだった。

「ん？　あれは……ヤニッシュ？」

「お知り合いですか？」

私の質問にアリスティード様が言葉を濁す。

「いや、まあ、そんなものだ。ところでメルフィ、ティールブリンク公国の者がいるとどうしてわかった？」

「あそこの同じ外套を着た『サノヴァの槍』という人たちの帯飾りが精霊花の模様だったんです。精霊花はティールブリンク公国の国教花なので……」

「なるほど、精霊花の帯飾り。研究者の性というか、お前は本当によく気付くな」

アリスティード様は私の腰に手を添えると、踊るようにして私をくるりと回す。

「ロジェ様!?」

「さて、ガレオの工房へ急ぐぞ！　そうそう、俺はいずれ狩猟協会のように『魔物食協会』を組織せねばならんと考えているのだ」

「えっ、それは大掛かりですね⁉」

「何をのんきなことを言っている？　協会長はもちろんお前だぞ、メルフィ」

そんなことを真面目に言われて、私は思わずアリスティード様の手を引っ張ってしまった。魔物食協会はまだしも私がそこの協会長だなんて。

「お前の研究をきちんとした手順で正しく使えるようにせねばな。魔物食が軌道に乗れば忙しくなるぞ」

「私の研究を」

「ああ。だが、考えようによっては少々危険な技術だからな。しばらくの間は規制と監視を行っていかねばなるまい」

そんな夢のようなことがあるのだろうか。いつか、領民のためになればと思って続けていたお母様と私の研究が、陽の目を見る時が来るのかもしれない。

過度な期待は駄目だとわかっていながらも、私はそこまで考えてくれているアリスティード様の気持ちが嬉しくて、繋いだ手に力を込める。するとアリスティード様も、私の手をしっかりと握り返してくれた。

「今日はまずはそのための第一歩ということだ。メルフィ、着いたぞ。あれがガレオの工房だ」

いつの間にか金物や武具の店が立ち並ぶ通りまでやってきていた私たちは、一際立派な門構えの建物の前で立ち止まった。大きく分厚い木の扉には、剣と戦斧が交差した絵が描かれている。

金属の板の看板には『ルセーブル工房』とあり、分厚い扉のど真ん中に、何故か私の身長くらいはあるだろう長さの大剣が突き刺さっていた。

私は、扉に刺さった大剣をまじまじと見てしまった。魔法がかかっているのかその刃は錆びておらず、覗き込むと私の顔がぼんやりと映り込む。

この大剣に触れると開く魔法の扉なのかと思った私は、そっとその柄に手を当ててみる。

「どうやって中に入るのですか？」

しかし何の反応も見せないので、何か開閉の呪文があるのではとアリスティード様に問いかけた。すると、アリスティード様は剣の扉の横にある小さな扉を指し示す。

「そこの扉は十年ほど使われていなくてな。入口はこっちだ」

「まあ、それではこの剣は客を呼び込むための看板のようなものなのですね！」

さすがはガルブレイス公爵家お抱えの鍛冶工房。これなら目立つし、何より興味を惹かれる凄い看板だ。私が感心していると、アリスティード様が「あー」という変な声を出した。

「公しゃ……ロジェ様？」

「いや、な。それは看板ではなく、ブランシュがガレオに求婚した際の名残りというか」

「まあ素敵！　まさかこの大剣に誓われたのですか？　お二人の馴れ初めを是非聞いてみたいものです」

あの岩のようなガレオさんと、眉目秀麗なブランシュ隊長に剣をかけた素敵な話があったとは。

そしてブランシュ隊長の方が求婚したなんて。

がぜん興味が湧いてきた私が期待を込めてアリスティード様を見上げると、アリスティード様は「ガレオなら教えてくれるかもしれん」と気まずそうに目を逸らしてしまった。

（アリスティード様は恋愛話にご興味がおありじゃないのね）

かくいう私も、義母の言いつけで婚約者を真面目に探し始めたわけで、今の今まで恋愛にさほど興味があったわけではない。でも色恋の物語を読めば素敵だと思うし、いつか自分のことを認めてくれる殿方が現れたらと考えたこともあった。

貴族同士の婚姻は政略的なものばかりではないとはいえ、純粋に愛し合って婚姻を結んだ夫婦がどれくらいいるのだろう。私のお父様とお母様は、懇意にしていたある侯爵家が仲を取り持ったことがきっかけとなって一緒になったのだと聞いている。

ある種の契約婚姻ではあるものの、アリスティード様は私には過ぎたるお方だ。そして私と婚約するために、契約の呪までその身に刻んでくださっているのだから。

（そういえば、契約の呪はケイオスさんには内緒だと仰っていたけれど）

私からケイオスさんに伝えておいた方がいいのかもしれない。婚姻を結ぶことができなかった場合は、アリスティード様（と私のお父様）の手が吹き飛んでしまうことになるのだから。万が一のために解呪の方法を聞いておかなければ。

アリスティード様に手を引かれたまま、私は小さな扉をくぐる。店内は普通の武具屋のように、長い勘定台の後ろに店員と商品が並ぶ造りであった。しかしその商品が普通ではない。

「いらっしゃいませ」

まるでガレオさんのように鍛え上げた筋肉を身に纏（まと）った三人の店員が、私に向かってにこりと笑いかけてくる。この人たちも鍛冶師なのだろうか。

「これはこれは。珍しい格好でございますね」

「ああ、今日はな。ガレオはいるか？」

「はい。頭領なら朝から今か今かと待ち構えております」

どうやら、ここの店員たちとアリスティード様は顔見知りのようだ。一応変装しているけれどしっかり把握されていた。私のことを興味深そうに見てくる視線には気づいているものの、私は店員よりもその背後にあるものに釘付（くぎづ）けになった。

「あれはザリアン型の戦斧（せんぷ）？　こちらはマドレシュカル様式の短剣ですね！　でもこの曲剣は私の知らない型です」

屈強な三人の店員が立つ勘定台の後ろには、見ただけで素晴らしい業物（わざもの）だとわかる武器が展示されている。

　ザリアン型の戦斧は、木こりの使う斧とは違い刃の部分が長く作られたものだ。刃の厚みがかなりあり、鉱物系の魔物や硬い皮や鱗を持つ魔物を仕留める時に重宝されている。ただし重量がかなりあるので、残念ながら私には扱えない。

　マドレシュカル様式の短剣は、マドレシュカル魔法王朝が栄えた二百年ほど前に造り出された魔剣の一種だ。刀身に魔法が施してあり、持ち主の魔力に反応して刻まれた魔法を放つことが可能な代物だった。これは短剣なので魔法が得意な私にも扱えそうだけれど、調理には不向きである。

「驚いたな。お前は武器にも詳しいのか」

　アリスティード様が感心したように唸る。

「マーシャルレイドの騎士や猟師も同じような武器を使っていたのです。でも、こんなに見事な出来ではなかったので、つい見入ってしまいました。それに、見たことのないものも多くて」

　ひと際目を引く大型の弧を描く曲剣は、持ち手に柄がなく、代わりに筒状の金属と革の帯が取り付けられている。私があまりに凝視していたからだろうか。店員の一人がその曲剣を展示棚から取り出して見せてくれた。

「これは、腕や脚にこうやって着けて使うものなんです。元々はとある武術の使い手用なんですがね」

「意外ですね。折り畳み式になっているのですか」

通常時は腕や脚に沿わせるように収納する仕組みになっているようだ。これでどんな魔物を狩るのだろう。「ご婦人用のものもあるんですよ」と言って出してきてくれたものは手袋状になっていて、拳を握ると手の甲の部分から魔獣の爪の様な刃が飛び出してくるものだった。確かにさほど重量はなさそうだ。でも、これを使う女性はどこで使うのだろうか。モルソのような小さな魔獣が畑に出た時には使えるかもしれないけれど。

まだもう少し見ていたかったけれど、ガレオさんとの約束がある。案内の人が迎えに来たので、私は後ろ髪を引かれながら店の裏口から工房へと向かう。

金属を打つ音が聞こえてきて私がそちらに顔を向けると、そこにはガレオさんと数人の鍛冶師が待ち構えていた。

「おお、閣下に奥方」

ガレオさんが金属を鍛えるための大きな金槌(かなづち)を振り上げてニッと笑顔を見せる。奥方と呼ばれた私は、思わずアリスティード様を見上げてしまった。するとアリスティード様も私の方を見ていて、目が合ったことが気恥ずかしくなってしまう。

「こ、こんにちは、ガレオさん。今日は、あの、お忍びなので……」

「パルーシャを着てお忍びってことはないんじゃねぇのか？　幸せいっぱいのガルブレイスの娘っ子みてぇで、なかなか似合っている……じゃねぇ、いらっしゃるじゃねぇか」

ガレオさんの冷やかすような言葉に、私は益々恥ずかしくなった。アリスティード様から説明を受けたわけではないけれど、パルーシャを着る意味は『婚約中』で間違いないらしい。

「ガレオ、余計なことを」

「いや、だってよぅ。俺だってもうちっとマシだと思いますぜ」

「ぐっ…………わ、わかっている。わかってはいるのだ」

ガレオさんと何やらよくわからない言葉を交わしたアリスティード様が、どこか悔しそうにぐぬぬと唸る。

「ま、閣下は放っておいて大丈夫じゃないですかね。奥方、今日の本命はあんた様だ」

「は、はいっ、今日はよろしくお願いします」

「落ち着かねぇ場所かもしれませんが、ゆっくりしていってくだせぇ。おい、工房ん中に椅子をお持ちしろ。せっかくのパルーシャが汚れちまうだろ」

ガレオさんが気を遣ってくれて、私はあれよあれよという間に工房内のど真ん中に設置された椅子に腰掛けることになった。せっかく用意してもらったけれど、パルーシャは鍛冶工房には少し不釣り合いな装いだったかもしれない。

火を使う場所だからやっぱり私は中に入らない方がいいのではと思い、まだ何か考え事をしながら唸っているアリスティード様を見上げる。

「ロジェ様、私は外でも構いません」

「あ、ああ。気にすることなどないぞ。ルセーブル工房には女性の鍛冶師もいる」

「女性の鍛冶師⁉」

マーシャルレイドにはいなかったので私は驚いた。しかしよく考えたらガルブレイスには女性の騎士がいるのだ。鍛冶師がいたっておかしくはない。すると、ガレオさんが驚くことを教えてくれた。

「この工房は、俺の曾祖母（ひいばあ）さんの代から続いていてよ。少々建物にボロがきているが、鍛冶師の腕は一流よ」

「まあっ、ガレオさんの曾祖母様（ひいおばあさま）が？」

「おう、ジョゼフィーン・ルセーブルの業物は伝説級よ。俺は、曾祖母さんを超えるために、日々鋼と向き合っているんだ」

土地柄のせいだとしても、ガルブレイスの女性たちは本当に逞（たくま）しい。それに、現状に満足せず常に高みを目指すガレオさんがとても眩（まぶ）しく見えた。

「私はガレオさんの剣を初めて見た時から、この工房の刃物がほしくてほしくて！」

「そう言って貰（もら）えると、鍛冶師冥利に尽きるってもんだ。そういやぁ、奥方は閣下の『首落とし』に惚（ほ）れたんだったな。よし、さっそくだが、奥方の大事な仕事道具を見せてくれや」

ガレオさんに促されて、私は鞄の中から木箱を取り出した。

中にはなめし革に包んだ刃物が三本。それをガレオさんに見せると、ガレオさんは真剣な顔をして、私が一番使う頻度が高い刃物を手に取る。

「刃と柄は別々のもんだな。だが、よく馴染んでいる」

ガレオさんの目が、まるで私の刃物と対話しているように見える。

「この柄は……まさか、コールルの樹じゃあるめぇな？」

ズバリと言い当てられた私は、興奮のあまり立ち上がってしまった。

「そのまさかなんです！　マーシャルレイドの鍛冶職人に頼んで、コールルの魔樹を切り出してもらいました。撥水性が高くて私の魔力に合っていましたので。それから、私の手に合わせて自分で削りました」

コールルという魔樹は、生き物の血を啜る非常に厄介な魔物だ。これが生えると半径二百フォルンの木々が全て枯れる。マーシャルレイドで最後に発見されたコールルは、半径三百フォルン以上の木々が枯れていたと聞いている。その時のコールルを持ち帰ってきた騎士長から譲り受け、きちんと下処理をした上で加工してもらったのだ。

柄に指を這わせながらガレオさんが唸る。

「なんつぅか、奥方は規格外だな。北の貴族ってのは皆あんた様のように逞しいのか？」

「どうでしょうか。私は、あまり貴族らしいことをやってこなかったので。でも、厳しい冬に耐えてきた領民たちは逞しいと思います」

「キルスティルネイクの酒も底なしに呑んじまうし、魔物は捌いちまうし。あの……なんだ、ベルゲニオンの揚げたやつもな」

「ガレオさんも食べに来てくださったのですか⁉」

「た、たまたまな。警鐘が鳴ると俺らも待機するからよ」

ガレオさんの背後では、鍛冶師たちがにやにやとした人の悪そうな笑みを浮かべてガレオさんを見ていた。そのうちのひとりが、「頭領が率先して食べてたんすよ」と教えてくれたので、ガレオさんはそっぽを向いてしまったけれど。

どうやらガルブレイスでは、騎士たちだけでなく、鍛冶師たちも魔物食にはあまり抵抗がないらしい。


「ほう、これはまた軽いな！」

「軽量化して魔晶石で補強しています。まあ、その分値は張りますが」

風を切る音が聞こえてきたので振り返ると、アリスティード様が両手剣だろう大きさの剣を片手で持って素振りをしていた。どうやらアリスティード様はアリスティード様で新作の武器を吟味されておられるみたいだ。柄と刃が薄く光っているので魔法剣の類いなのだろう。鍛冶師たちが「ええっ、ついに西森のギラファンを狩るんですかっ⁉」と驚いている声も聞こえてきた。

（えっ、ギラファン⁉）

この間アリスティード様が教えてくださった魔獣の名前に、ついつい私の意識が引っ張られそうになる。ギラファンは確か、グーンビナー蜂の蜜を狙ってやってくるといういわゆる『今が旬』の魔獣だ。

(って駄目駄目、今はガレオさんに集中しなければ)

気になるところだけれど、今は私の刃物を注文しに来ているのだ。ソワソワしながら待っていると、刃物を確認したガレオさんが他の鍛冶師にそれを手渡した。

「よし、だいたいわかった」

ガレオさんが合図をすると、さっそく鍛冶師たちから質問責めにあった。何を捌くのか、どういう使い方をするのか、三本の刃物のそれぞれの使う頻度など。腕から指先まであれこれと計測され、ついでに私の筋力まで測られる。残念ながら筋肉は騎士たちのようにはない。しかも私の手は常人よりは小さいようで、柄については後から調整しなければならないらしい。幾つかの素材を選び、硬めの棒状になった粘土を握って手形を取られた。

それが終わると、ガレオさんが様々な形の刃物の原型を持ってきた。その中には、騎士たちから魔物を捌くときに借りた、よく切れる刃物の原型もある。

「さて、手に取って奥方の手にしっくりくる重さ、長さを教えてくだせぇ」

ガレオさんにそう言われて、私は真っ先にロワイヤムードラーを捌いた時と同じ形状の原型を手にする。やっぱり私には少し大きく、また重く感じられた。

「へへへっ、そいつを選ぶたぁ、わかってらっしゃるじゃねぇか」

ガレオさんは嬉しそうだ。私の脚より太さがありそうな腕に力を入れて力こぶをつくる。マーシャルレイドの鍛冶師たちもそうだったけれど、日々重い金槌を振る鍛冶師は見た目も本当に逞しい。私も力こぶを作ってみようと腕に力を入れてみたけれど、逞しさの『た』の字すら見当たらなかった。騎士にはなれなくても料理だって力仕事だし、腕に自信はあったのに。

私は大きな原型を元の場所に置くと、小さめで扱いやすそうな原型を手にした。先ほどのものより軽く扱いやすいのかもしれないけれど、グレッシェルドラゴンモドキやバックホーンが相手となると心許ない気がする。

「本当はこのまま使いたいのですが、やっぱり今の私には少し重くて。でも、この長さや形状を変えてしまうと、この刃物が持つ良さがなくなってしまうのですよね?」

「おう、きちんと計算して作ってあるからよ。こいつらは元々閣下の注文で、魔物の素材を切り出す用に俺が開発したもんだ」

「道理で！　剣に近い形状の理由がようやくわかりました」

「討伐はただでさえ武器だのなんだのと大荷物になるからよ。料理人みてぇに何本も持っていくわけにもいかねぇってことで、難儀したんですぜ」

ガレオさんは最初の原型を手にすると、私に向かってニィッと笑った。

「他のやつはどんな感じだ?」

「こちらの長いものは、重さはそれほど苦になりません。これは魚用でしょうか」

「魚もだが蛇類もいけるぜ。小型のドラゴン種も尾から刃物を入れたりするからよ」

「ドラゴンはまだ捌いたことがないので楽しみです」

　私は様々な魔物を思い浮かべながら、どんな刃物が必要なのか考えてみる。魔樹や魔蟲も扱うため、調理用の刃物ばかりではなく鋏や錐などもほしいところだ。

　ガレオさんとあれこれ話し合った私は、結局五本の調理用刃物とその他の刃物を注文することになった。

「あんた様も玄人好みの得物をご所望ということですか。単に軽量化すればいいってもんでもねぇからな。こりゃ腕が鳴りますぜ」

「よろしくお願いします」

「おうよ。あんた様をあっと驚かせるくらいのもんを仕上げてやる……やりますよ」

　ガレオさんが自信満々の顔で請け負ってくれる。ついに私もガルブレイス公爵家ご謹製の刃物を手にできるのだ。

　アリスティード様はまだ武器を吟味されていたので、私は刃物だけではなく様々な武具や道具を見せてもらうことにした。

　ルセーブル工房では、魔物を討伐する際の仕掛けや罠なども作成しているようだ。私がスカッツビットの棘を利用して作った罠と同じようなものがあったけれど、ここの罠は棘が鋼鉄製で私の腕より太く、ロワイヤムードラーがすっぽり入るくらいに大きい。聞けば、グレッシェルドラゴンモドキなどの鱗がある魔物用らしい。

エルゼニエ大森林の魔物たちは、魔力を豊富に含む土壌のせいか巨大化しているのだとガレオさんが説明してくれた。

「魔樹だって色んな種類がありますがね。見てくだせぇ、この斧。ここの魔樹は、これじゃねぇと切り倒すことができねぇくらいの太さがあるんだ」

ガレオさんが片手で軽々と手にしたその斧は、私の身長よりも長い柄があり、ガレオさんの胴くらいの刃がついていた。

「……ガレオさん、その」

アリスティード様は私をエルゼニエ大森林に連れて行ってやると言ってくださっていたけれど、ここの武器を見ていると私など足手まといにしかならないように感じられる。ガレオさんは遠慮せず本当のことを言ってくれそうなので、私はこっそりと聞いてみることにした。

「なんでぇ、奥方。そんなに改って」

「私にエルゼニエ大森林で魔物を狩るお手伝いができますか？」

「そりゃ……」

「率直な意見を教えてほしいのです。私には腕力はなくて、できるのは魔物の下処理くらいしかないのですが」

私が立ち上がってガレオさんを見上げると、ガレオさんがまああというように座るように促してきた。

「奥方は、エルゼニエ大森林で俺たちがどんな風にして魔物を狩っているのか知っていますかい？」

「ここに来た際にベルゲニオンの群れから襲われましたので、騎士たちが協力して討伐しているというのはわかります」

「それは最前線の騎士の仕事でさぁ。奥方はいきなり前線に立っちまったんだな。あのよ、奥方。俺たちは討伐隊を組むんだ。魔物はひとりでは狩れねぇ。あ、閣下は規格外だけどよ。んで、討伐隊ってのは、前線で戦う奴と後方支援を担う奴に分かれている。罠を仕掛ける奴、武具を修理する奴、治療に専念する奴……当然俺たち鍛冶師も、後方支援に編成される。わかりますかい？」

ガレオさんの言葉に私は頷いた。マーシャルレイドでも、討伐隊を組んで魔物を討伐することがあったからだ。さすがに何日にも亘る直接対決はないものの、魔物が潜んでいる場所まで行くのに時間がかかる場合もある。その時は何十人もの騎士たちが荷物を背負って向かっていた記憶があった。

「人数が増えれば、それだけ消費する飯も増える。現地調達ができればそれに越したことはねぇがな。まあ、あれだ。魔物しかいねぇんじゃ、飯は持って行くしかねぇ。今までは、そうだった」

ガレオさんが口の端を上げて私を見る。

「奥方。あんた様のやり方が、そいつを変えてくれるかもしれねぇってよ、閣下も俺たちもそう期待してる。あの、なんだ、ロ、ロワイヤムードラーも、ザナスもベルゲニオンも。腹を壊すことなく食べられるなんて俺は端から信じちゃいなかった。だけどあんた様は、廃棄するしかない肉を美味い飯に変えてくれたんだ。苦労して狩った魔物が美味い飯になるんなら、やる気だって湧いてくるってもんだろ?」

ガレオさんが「あんた様の魔獣料理、騎士たちの間で評判になってるんだぜ?」と言ったその顔は、嘘をついているようには見えなくて、私はだんだんと嬉しくなってきた。

マーシャルレイドでは、お父様の指示だと思うけれど反対する人はいなかった。あのシーリア様ですら私に研究をやめろとは直接言ってはこなかったのだ。でも、こんな風に認めてくれたり、賛成してくれたりする人はいなかった。

ガルブレイスの騎士たちは興味津々で手伝ってくれるし、食堂のレーニャさんやブランシュ隊を通じて、食べてみたい魔物の相談をちらほらされるようになってきている(ゼフさんやアンブリーさんが生け捕りにしてくれたバックホーンは天狼が食べてしまったけれど、また新しく生け捕りにして来たそうだ)。

「俺はガルブレイス公爵家お抱えの鍛冶師だ。俺が造った武器や武具で騎士たちの命が守れるってんなら、俺は俺にできることをやるのみよ。華々しくはないけどな」

「私も、私なりのやり方でアリスティード様をお守りしたいです。まだ始まったばかりですけれど」

「焦る必要はねぇと思いますがね。俺も大概頑固だが、閣下はとにかく不器用にしか生きられねぇ性分だ。懐はでけぇんだが、生真面目っつぅか、偏屈っつうか」

私とガレオさんは顔を見合わせて、それからアリスティード様の方を見る。アリスティード様は鍛冶師たちと鋼糸製の網を前に何やら話し合っており、視線に気づいたのか顔を上げてこちらを向いた。

「メルフィ、もう終わったのか？」

「はい、終わりました」

「もう少し待っていてくれ。ガレオ、今度のユグロッシュ塩湖討伐の鋼糸網についてなんだが」

呼ばれたのはガレオさんだけれど、気になった私も一緒にアリスティード様の元に行く。鋼糸製の網で何を捕獲するのだろうか。それに、ユグロッシュ塩湖という名称はどこかで聞いたことがあった。

「去年おとなしくしていた反動か、今年のユグロッシュ百足蟹はかなりデカいと報告が上がっている。既にセチルの漁場が荒らされているからな。次の満月までに一掃したいのだが」

「うーむ、これじゃ突破されますかね。鋼糸をもう少し太くしますかい？」

「できるか？」

「もちろん全力でやりますよ」

何本もの鋼糸を撚って作られている鋼糸製の網は、持ち上げるだけで何人の騎士たちが必要なのだろう。そして私は、ユグロッシュ百足蟹と聞いて、過去に一度だけ口にしたことがある幻の味を思い出した。

「ロジェ様、私もその討伐に参加します！」

突然の表明に、アリスティード様とガレオさんが目を丸くして私を見る。

「メルフィ、いきなりどうした？」

「私も連れて行ってください。いえ、断られてもついて行きます」

「護衛はブランシュ隊とミュランを出せばいいが、本当にどうした？　何かあったのか？」

アリスティード様が、どこか焦ったような顔をしてしているガレオさんをジロリと睨む。確かに直前までガレオさんと討伐隊の話や自分が出来ることについて話をしていたけれど。

「あのっ、ユグロッシュ塩湖の百足蟹は、国王陛下に献上される虹蟹よりも美味しいんです。私は討伐の役には立ちませんので邪魔にならないところで待機をしています。ですが、その百足蟹を、是非、その場で、釜茹でに！」

ユグロッシュ百足蟹はお母様との思い出の味だ。まさかこんなところで繋っているとは。どうしてもアリスティード様と食べたい。意気込む私にアリスティード様が目を丸くする。

「百足蟹？　釜茹で？」

「はい、百足蟹の釜茹でです。茹でると赤くなるところなど、蟹と同じでした」

「あの百足蟹を普通の蟹と同じに分類していいものか俺にはわからんが、お前がそこまで言うのであればきっとあれは蟹なのだろうな」

ユグロッシュ百足蟹を食べたくて必死な私に対し、アリスティード様がなんとも言えないような顔になる。百足蟹は胴の長い甲殻類だ。蟹のような爪を持ち、その名の通り足がたくさん生えてい

る。足が百本あるのかどうかは私も数えたことがないのでわからないけれど。お母様が遺してくれた素描画は、だいたいのところ蟹であった。

「私は、足と爪を一本ずついただいただけなのですが」

私がそう言うと、傍で話を聞いていたガレオさんが驚愕の顔になる。

「お、奥方はあれの爪と足をまるっと全部食べてしまったんですかいっ⁉　お一人で？」

「あ、はい。あまりにも美味しくておかわりを強請ってしまったくらいなのです。あまり大きな魔物ではないので、おかわりできませんでしたけれど」

私は両手を目一杯広げてこのくらいの体長だったと説明する。するとガレオさんがホッとしたような顔になり、アリスティード様が「なるほど」と納得したような声を出した。

「それは子蟹だな、メルフィ」

「えっ、子蟹ですか？」

「ああ。百足蟹は成長するとガレオ十人分くらいの体長になるのだ。故に討伐対象を釜茹でにできるかどうかわからんが、地面に穴を開ければ蒸し蟹にはできるだろう。あるいは子蟹を釜茹でにするか」

「ガレオさんが十人分……」

私はガレオさんをまじまじと見てしまった。ガレオさんはアリスティード様より身長が高く、だいたい二フォルンほどあるだろう。ということは、ユグロッシュ百足蟹の全長は二十フォルンもあるということだ。

「私が食べたあれが子蟹」

大きな蟹だと思っていたあれが子蟹だったことに驚いたけれど、そもそも魔物なのだ。そういうこともあるだろう。後から図鑑の内容を訂正しなければ。

「うむ、あれの足は俺の足より太い。ひとりでたいらげるとしたら余程の大食漢くらいではないか？」

アリスティード様が自分の足を指し示す。なんて長くて素敵な足なのだろう。

（食べ応えがありそう……ではなくて）

不躾にも遠慮なくアリスティード様の足を眺めてしまった私は、咳払いをして誤魔化した。百足蟹にそれだけの大きさがあるのなら、間違いなく足の一本だけでお腹いっぱいになるというものだ。いくら食べることが大好きとはいえ私はそんなに大食らいではない、はずである。

「それよりもだ。ユグロッシュ百足蟹はユグロッシュ塩湖の固有種だが、お前はどこで食べたのだ？」

アリスティード様の疑問はもっともである。実は私も、お母様がユグロッシュ百足蟹を手に入れてきた経緯はよくわからないのだ。だけれどそれは、南の地方出身だったお母様の生家で不幸があり、葬儀に参列するために私も一緒に着いて行った時の話だ。その時の私は六歳。領地から出るのはそれが初めてで、その道中で食べた一番のご馳走がユグロッシュ百足蟹だったというわけだ。

「えっと、ロジェ様はクレトーニュに行かれたことはおありですか？」

「ああ、ガルブレイスよりさらに南東の子爵領だな……うん？　確かお前の母親の」

「はい、私の母は前クレトーニュ子爵の娘なのです。私が母と共にクレトーニュの大叔父様のご葬儀に参列した時でした。経緯は覚えていませんが、どこかの宿で母から虹蟹より美味しい蟹だと言われて食べた味が、今も鮮明に残っているのです」

「なるほど。マーシャルレイドからクレトーニュまでの道中で、ユグロッシュ塩湖の近くを通ったのかもしれんな。だが、覚えているのが魔物食とはお前らしい」

「ふふふ、そうですね。母との旅はそれが最初で最後だったので、母と結びつく思い出として覚えているのかもしれません」

「……そうか」

旅の目的が葬儀だったのだし、あの頃はまだ大干ばつの爪痕があちこちに残っていたから旅そのものの印象はあまりないけれど。その他のことといえば、長旅で馬車に乗るとお尻が痛くて最後の方はうつ伏せでほとんど寝ていたことと、幼いからと葬儀そのものには参加できずクレトーニュ家の騎士と一緒に領地を散策したことくらいである。

私は期待を込めてアリスティード様を見上げる。するとアリスティード様は何かを思案してガレオさんと相談を始めた。

「ガレオ、百足蟹を生きたまま鋼糸網で運ぶことは可能か？」

「生きたままですか。いやぁ、難しいでしょう」

「魔獣のように気絶させてみるか」

「そもそも蟹って活け締めできましたかね。いや、あれが蟹だと仮定してですが」

「やったことがないからさっぱりわからんな。百足蟹は俺ですら水中では手も足も出せん。鋼糸網を仕掛けて陸に引きずり上げ、動きが鈍ったところを仕留めるしかないが」

どうやら生きたまま捕獲しようと考えているらしい。二十フォルンもある魔物を生け捕りにするのがどれほど難しいか。それがわかるだけに、私も流石に止めに入る。

「ロジェ様、新鮮であれば大丈夫ですから。あの、私は討伐に参加できるとか思ってもいませんので。なんならもいだ足だけでもいいですし、ご迷惑にならないよう近くの町で待機します」

本音を言えば私も討伐の現場にいたいのだけれど。でもそれはわがまま過ぎるというものだ。

「心配するな。水際に近寄らなければあれの攻撃も届くまい」

アリスティード様がポンと私の肩に手を置く。

「俺に任せておけ、お前の本気は俺が一番知っている」

優しい目をして私見下ろしたアリスティード様が、「それに、虹蟹より美味いというのであれば黙っていられない奴がひとりいるからな」と意味ありげに片目を瞑（つむ）った。

◇　◇　◇

ガレオさんの見送りでルセーブル鍛冶工房を後にした私たちは、小腹が空いてきたので市場に向かうことにした。

結局、扉に刺さった大剣の話を聞きそびれてしまったので、今度ブランシュ隊長に直接聞いてみようと考える。ブランシュ隊長はどんな風にしてガレオさんに求婚したのだろう。夫婦の形は千差万別だけれど、ルセーブル夫妻は、ガレオさんが「ブランちゃん」と呼んでいるくらいだ。とても仲が良さそうに見える（というか、ガレオさんがベタ惚れしているように見える）。

私は、当たり前のように手を繋いできたアリスティード様を気付かれないように盗み見た。アリスティード様の腰には購入したばかりの剣が二本下がっている。

（明日すぐ使うと仰っておられたけれど、そんなに毎日のようにたくさんの魔物が出没するものなの？）

私が襲われたベルゲニオンは狂化していたというし、ケイオスさんからはそうそうあることではないと聞いていた。天狼だってそうだ。基本は、アリスティード様が敷いた防衛線を越えてきそうな魔物を狩るのだと説明されたけれど、最近魔物が活性化しているという騎士たちの話も私の耳に入ってきている。

まだ魔力入り曇水晶を有効活用する方法は確立していないし、私の魔法陣がガルブレイスの魔物全てに効くのかわからない。はっきり言わなくても足手まといでお荷物だけれど、私はアリスティード様や騎士たちがどのようにして戦っているのかきちんと見ておかなければ、と思うのだ。

「おっ！　もうパウパウが売り出しているではないか。メルフィ、後から食べよう」

「パウパウ？」

「冬の初めにアザーロの砦周辺に飛来してくる小さなふわふわした魔物だ。といっても、パウパウそのものを食べるわけじゃないが。姿形をパウパウに似せた焼き菓子でな、俺はここらの菓子の中でこれが一番好きだ」

「それは是非いただいてみないとですね！」

アリスティード様が、目をキラキラと輝かせながらのぼり旗が立つ露店を指し示す。旗には「パウパウあります」と書いてあり、店の周りには子供たちを中心に様々な人が集まっていた。

その他にも、通り沿いに軒を連ねる色々な商店が威勢の良い声で客を呼び込んでいる。私の鼻が、肉が焼けるいい匂いや甘いお菓子の匂いを嗅ぎ分けて、お腹がクゥと鳴った。特に甘辛いタレの焦げる匂いが、私の空腹な胃袋を刺激する。

「からみつやき？　ロジェ様、からみつやきとはなんなのですか？」

私の目は、「焼き立てからみつやき」と書いてある商店に引き寄せられた。

「辛蜜焼きか。辛味のある調味料に糖蜜などの甘味を入れたタレに、肉や魚を漬けて焼いたものだ。ちょうどいい、食べてみるか？」

「はいっ！」

勢いよく返事をした私に、アリスティード様が笑って辛蜜焼きの店に連れて行ってくれる。何人か並んでおり、私は順番を待つ間ずっと辛蜜焼きが出来上がっていく行程を見ていた。

最初に素焼きにしている串肉を、客の注文に合わせてタレがたっぷり入った壺に浸す。それを炭火の網にのせるとジュッとタレが焼ける音がして、あの食欲をそそる香ばしい匂いがあたりに充満した。

「肉は鳥肉ですか？　魚は川魚のようですが、捌いてあるのとないのとでは種類が違うようですね」

「鳥肉はマーシャルレイドでも食べられている山鳥のチェチェだと思うが。魚はそうだな、キャルバース川で漁れるエペルと切り身はラッケという川魚だ」

エペルの方は手のひらより少し大きな魚でラッケは身が赤い。アリスティード様はエペル、私はラッケを注文して、今か今かと焼き上がりを待った。

「パルーシャのお嬢さん、ラッケお待ち！　婚姻はいつだい？」

恰幅（かっぷく）の良い店主に声をかけられ、私は咄嗟（とっさ）に本当のことを答えてしまった。

「え、あ、はい、来年の秋に」

「まだ一年もあるのか？　お嬢さん、そこの色男の兄ちゃんから随分と大事にされてるんだな。ほらよ、こいつは俺からのお祝いってことで持っていきな」

店主が、私が頼んでいない山鳥の辛蜜焼きを二本おまけしてくれる。受け取ってよいものかわからず、アリスティード様を見上げると、アリスティード様が大丈夫だというように頷いた。

「あ、ありがとうございます」

「すまないな、店主」

油紙の袋に入れられた辛蜜焼きを、帽子を浮かして礼を述べたアリスティード様が受け取る。すると、店主がアッという顔になった。

「へへへっ、今後もご贔屓に！　毎度あり！」

多分、店主にはアリスティード様の正体がわかってしまったのだろう。でもまるで騒がず、そして何事もなかったかのように他の客の相手を始めている。

マーシャルレイドでは、お父様はこんな風に市場で食べ歩くことはしていなかったと思う。ある程度自由を許されていた私も、人が多く行き交う場所に出向くことはしなかった。

アリスティード様はこうした場所に慣れているようで、他にも丸くふかふかとした見た目のパンのようなものと香草茶を購入すると、木陰にある石造りの椅子まで私を案内してくれた。

「こんな風にして食べるのは初めてか？」

アリスティード様がラッケの入った袋を手渡してくれる。袋を開けると、ふわりと香ばしい匂いがした。

「そうですね。護衛の騎士はあくまで護衛で、私は基本ひとりでしたし、たまに外で食べることはありましたけれど、もっと人がいない静かな場所を選んでいましたから」

「俺がいつもしていることを一緒にしてみたかったのだ。店に入ってもいいのだぞ？」

遠慮がちに聞いてくれたアリスティード様に、私は心からの笑みで答える。

「私も、ロジェ様と一緒のことをやりたいと思っています！　だから今とっても楽しいんです」

「そうか。お前の、その、笑顔を見られてよかった」

アリスティード様も照れたような顔で笑って、懐から白い手巾を取り出す。何をするのかと思っていたら、アリスティード様は私の膝の上にそれを広げてくれた。

「ありがとうございます」

「ん」

私のパルーシャが汚れないように気を遣ってくださるなんて、やっぱりアリスティード様は紳士の中の紳士だ。私の礼に頷いたアリスティード様が、まだ熱々の辛蜜焼きの袋を開ける。私も自分のラッケを袋から取り出すと、タレがこぼれないようにしながら串を持った。食欲をそそる匂いに誘われて、私は皆がしているようにそのままぱくりとかじってみる。

「ん！」

少しピリッとする辛さと何かの蜜の甘さが絶妙だ。ラッケの身はしっかりとした固さがある。中に味を染み込ませるというよりは、こうして濃い味のタレを付けて焼くのもなるほどだと思える。

（皮も香ばしい！）

私はもうひと口、もうひと口と一気に半分くらい食べてしまった。切り身なので食べやすく、皮と身の間から滲（し）み出てくるラッケの脂がこれまたたまらなく癖になりそうだ。

（これはパンに挟むと美味しそう。ガルブレイスでは甘辛い味を好んで食べるのね）

私は、アリスティード様が買ってきてくださったパンをちぎって口にしてみる。ふかふかとした軽い焼き上がりで、ラッケを挟んでもいけそうな感じだった。

私はパンを半分に分けると、残り半分になったラッケを挟んで大きく口を開けて嚙み付いた。今はお忍びだし、あれこれ気にしながら上品に食べなくても大丈夫そうだ。私は唇に付いたタレも素早く舐めて綺麗にする。

そんな私の一連の所作を、アリスティード様がジィッと見ていた。

「メルフィならば多分そうやって食べるのではないかと思っていた」

アリスティード様にそう言われた私は少し恥ずかしくなって、口の中のラッケのパン挟みをひたすら咀嚼して飲み込んだ。

「は、はしたなかったでしょうか」

今まで気にもしたことがなかったというのに、アリスティード様から見た自分がどんな風に映っているのか非常に気になってきた。私はちらりとアリスティード様を見上げる。

「いや、ここではそれが普通だ。今はただのメルフィとロジェなのだからな」

器用に頭と背骨を残してエペルを食べ終えたアリスティード様が、チェチェ鳥の串焼きを袋から取り出す。そして私のラッケと同じようにして、チェチェ鳥の肉をパンで挟んで串を引き抜く。パンの端から垂れた辛蜜焼きのタレが指に付き、アリスティード様はそのままペロリと舐め取った。

「どうだ、美味いか？」

「はいっ！　タレと焼き加減が絶妙です」

「ならばよかった。あの店主とは昔からの顔馴染みでな」

アリスティード様が昔を懐かしむような顔になる。

「子供の頃は、城にいるよりも街にいる方が長かったのだ」

「まあ。お忍び……ではなくて、抜け出していたのですか？」

「城には居場所がなかったというかな。俺は、十歳でここに来た。だがまあ、正式に爵位を継ぐまではただの子供で、その、な」

そういえば、アリスティード様は十歳の頃にガルブレイス公爵となるため臣下に降ったと仰っておられた。十歳といえばまだまだ子供だ。私は既にその歳の頃には研究に没頭していたけれど、お父様が付けてくれた淑女講師との勉強が退屈で、さぼったり逃げ出したりと比較的自由にしていた覚えがある。

しかしアリスティード様は、ガルブレイスでの過酷な責務を全うするために家族の元から離れてここにやって来たのだ。並々ならぬ決意と共にやってきた子供のアリスティード様は、どれだけ心細かったことだろうか。

「まさかおひとりで……」

「ひとりの予定だったが、ありがたいことにケイオスの家族も一緒に来てくれた。一応、王城の騎士も連れて来てはいたのだが、ここの騎士たちと反りが合わなくてな。味方はケイオスだけしかおらず、どんなに口が達者でも所詮は子供。悩んだ俺は、とりあえず自分の味方を作ることから始めたのだ」

アリスティード様が、がぶりとチェチェ鳥のパン挟みにかぶりつく。私もラッケのパン挟みを最後まで食べると香草茶で喉を潤した。香草茶にはガルブレイスの秋の味覚であるナムの実も入っているようで、ほんのりと甘酸っぱい味がした。

「生意気ないいところの子息のフリをしては、ここらをまとめているという商人や武闘派連中に喧嘩を売りに行ったりだな」

味方を作るのに何故喧嘩をしなければならないのか。私にはよく理解できなかったけれど、アリスティード様が続けて「昔は怪しげな商売をする者が多かったが、俺が勝ってからは真っ当な奴らが増えたのだぞ？」と説明してくれたことで、ようやくその意味がわかったような気がした。わかったような気がしたけれど、子供だったアリスティード様がやるべきことではないと思う。

「ロジェ様はまだ十歳でしたのに。ガルブレイスには悪しきを取り締まる大人はいなかったのですか？」

ガルブレイスは騎士と共に栄えた領地だ。騎士とは、弱き者を助け、悪しき者を挫くというラングディアス王国の騎士の理念に則るものではないだろうか。

するとアリスティード様が、私の嫌いな、あの諦めたような曖昧な笑みを浮かべた。

「いたにはいたのだろうが、当時のガルブレイスは厄災のせいで多くの騎士を失い、半ば無法地帯と化していたのだ」

「それでも。いくらロジェ様自身が望まれたこととはいえ、ロジェ様のお兄様も、よくもまあ可愛い弟をそのような場所に送り出したものですね」

　私は心の中にわいてきたモヤモヤとした気持ちのまま、チェチェ鳥にかぶりついて串から引き抜く。そして、なんだかよくわからないモヤモヤと共に噛み砕いた。野山を駆け巡った野生のチェチェ鳥なのか、弾力があって噛みごたえがある。チェチェ鳥には失礼かもしれないけれど、今は顎の体操になりそうな固さが美味しかった。

「あ、あのな、今思えば、俺も無謀だったと反省するところはある。別に陛下が悪いわけではなく、まだご存命だった前公爵の庇護(ひご)のもと療養するという名目があってだな。それにまあ、ミュランにゼフ、アンブリーとナタリーの兄妹もその時に知り合った仲だ。悪いことばかりではなかったというか、むしろ良いことづくめだったと思うぞ」

　私のモヤモヤした気持ちが伝わったのか、アリスティード様が焦り気味に説明を付け加える。私は最後の肉を十分に咀嚼して飲み込むと、香草茶をぐっと飲み干して手の甲で口を拭った。

「ロジェ様」

「な、なんだ、メルフィ?」

「もしロジェ様のお兄様にお会いできる機会があれば、ひと言もの申しても大丈夫でしょうか」

私は、いつか遠くから見たことがある国王陛下の姿を思い浮かべる（その時は物々しい警備態勢の中、煌びやかな王冠しか見えなかったけれど）。そしてなんだかよくわからない気持ちのまま、アリスティード様を見据えた。

「まったく、ロジェ様は昔からご自分のことは二の次だったのですね。私、すごくモヤモヤします。胸がとても苦しいです。できることならば、その時私も一緒にいたかったと、悔しくなります」

私がうまくまとまらない心情を吐露すると、アリスティード様がぽかんとした気の抜けたような顔をする。そうかと思ったら、辛蜜焼きの袋をくしゃくしゃと握りしめて俯いてしまった。

（えっ、ど、どうして？）

アリスティード様は、時々私を見てこのような反応を見せることがある。私は、感情に任せて何か気に障ることを言ってしまったのではないかとひやりとした。アリスティード様とこうして二人きりで話をすると、高頻度で今まで知らなかった新しい自分の側面が出てくるのだ。

「ロジェ様。私、変なことを言ってしまって」

楽しい雰囲気を壊してしまってごめんなさい、と、そう謝罪しようと思っていた私は、アリスティード様の顔を見た瞬間惚けてしまった。

「ありがとう、メルフィエラ」

帽子の影になっていたけれど、その時のアリスティード様の笑顔は、今まで見てきた笑顔の中で一番綺麗で。でもとても哀しそうで。私はこの強く優しい人のことを、もっとずっと深いところまで知りたいと思った。

「ロジェ様」

何故そのような顔をするのか。聞いてみたら何かが変わってしまうような気がして、私はその後の言葉を続けられずにただアリスティード様を見る。その琥珀色の目を、アリスティード様が優しげに細めた。

「行こう、メルフィ」

そう言ってアリスティード様が差し出してきた手を、私は躊躇うことなく取る。今日は街に下りてからずっと手を繋いでいるけれど、なんだかそれが当たり前のように感じられる。不思議なことに、モヤモヤしていた胸のつかえがスッと取れていった。

「まだお腹は大丈夫か？」

次の瞬間には、もういつものアリスティード様に戻っていた。

「は、はい。もう少し入ります、けど」

「ならば、先ほどのパウパウを食べに行こう。十歳の俺が夢中になって食べた菓子なのだ。その時の感動を、今なら味わえそうな気がする」

アリスティード様は私の辛蜜焼きの袋を取ると、自分の袋と一緒に一瞬にして魔法で燃やしてしまった。

パウパウを売っている露店には、大きな壺が置いてあった。

『火傷に注意』という注意喚起の立札が設置してあるけれど、壺の周りに皆が集まっている。よく見れば、パウパウをそのまま袋に入れてもらっている客と、長い串の先に刺してもらっている客がいて、串に刺してそれを壺に向かってかざしていた。

「ロジェ様、あれは何をしているのですか？」

「ん、あれか。パウパウはそのまま食べるとサクサクとしているのだが、焼くと食感が変わる面白い菓子なのだ」

「あの壺はパウパウを炙るためのものなのですね」

「俺は炙った方が好きだな」

なるほど、そしてあの独特の長い串は、壺で火傷をしないようにするためであったようだ。

「焦げないように上手く焼ければ……ほら、ああやって伸びる」

アリスティード様が視線を向けた先では、子供たちが炙ったパウパウを食べていた。子供の手は短いので、長い串では食べにくいみたいだ。しかも串まで焼いてしまったのか、熱くて握れないらしい。串の端を持った少年たちが、お互い「あーん」の状態で食べさせ合いをしている。

「んへ、ふーふんふふ！」

「垂らすなよ、上手いことすすれ！」

「ふーっ！」

「ばっか、下手だなぁ、お前」

かなり熱かったようで、少年が少しかじったところから、白い糸のようなものが伸びていた。周りにいた少年の仲間たちが、楽しそうな笑い声をあげる。

「食べるのにコツが必要みたいですね」

私は大人だからひとりでも食べることはできるだろうけれど、熱々であれだけ伸びるものを垂らさずに口にできるのかは疑問である。

「やってみるか？」

「えっ、と、ロジェ様」

私の返事を待たずに、アリスティード様が長い串のパウパウを購入する。お手本とばかりに長い串を壺の上にかざして見せてくれたのだけれど。

「……ロジェ様、私の背丈はロジェ様ほど高くはないので届きません」

壺の周りに群がる子供たちの上から、ひょいと手を伸ばしてパウパウを焼くのは、背が一フォルン半くらいしかない私には無理だった。

# 第二章　曲者ぞろいの砦長たち

アリスティード様に食べ方を教わりながらパウパウを楽しんだ後は、魔法道具屋に向かうことになった。再び迷路のような路地を抜けて静かな通りに出る。人の往来はそこそこあるものの、立ち並ぶ店はひっそりとしていて、呼び込みの店員などはいなかった。

（すごい、こんなにたくさんの魔法関係のお店があるなんて）

その通りには魔法道具屋だけではなく、専門書店や魔法薬屋、魔法武具屋などのありとあらゆる『魔法』の店が揃っていた。中には魔法の素材屋なるものもあり、店先には様々な種類の素材が並べてある。

色々と目移りしてしまい、どの店から見ていけばいいのか迷っていると、アリスティード様が助け船を出してくれた。

「さすがに一日では見て回れないからな。とりあえず懇意にしている店が幾つかあるが、何がほしいのだ？」

「そうですね。魔法陣に特化したお店を紹介していただけますか？　染料の在庫が切れてしまって」

先の天狼の治療で、マーシャルレイドから持参した染料などが足りなくなってしまっていた（ちなみに曇水晶の器はさすがにここにはないので、マーシャルレイドから取り寄せることにしている）。

　私は期待を込めてアリスティード様を見上げる。城の魔法師から借りた染料はとても伸びが良く、私に合わせて調合したわけではないというのに、魔力の馴染み具合もかなり良かったからだ。城壁の防御で使用している魔法陣の染料だと聞いていたけれど、私は是非とも自分用にほしいと思っていた。

「魔法陣か。ならば、オシマ婆様の店がいいか」

　ぐねぐねと曲がる通りを降りていくと、『オシマ』と書いてあるぼろぼろの木板が下げられた店にたどり着いた。窓のギリギリまで魔法道具が積み上げてあり、店の中が見えないくらいになっている。

「オディロン……城の魔法師長に所縁がある魔法道具屋でな。俺もたまに魔法書などをあさりにくるが。まあ、見ての通り、整理整頓がなってなくて探すのに苦労するかもしれん」

　たしかに、どの魔法道具屋よりもごちゃごちゃと物が置いてある。でもその中に掘り出しものがあるかもしれないと、私はわくわくしながら魔法道具屋の扉に手をかけた。

「ッ、メルフィ！」

　と、アリスティード様が突然上を向き、私を背中に庇うようにして左手に魔力を込めた。右手にはいつ抜いたのか短剣が握られていて、私は何かに警戒するアリスティード様の背後で身を強張らせる。

「ロジェ様、魔物ですか⁉」

ガルブレイスでは魔物の襲撃はよくあることらしいので、私はどこかで警鐘が鳴っていないかと耳を澄ませた。足手まといにはなりたくないので、いつでも走り出せるように少しだけ腰を落とす。

「いや、すまない。どこぞの斥候かと思ったが、ただの伝令蜂だった」

アリスティード様が金色の光と共にバチバチと鳴る左手を握り、紡いでいた魔法を霧散させる。それから右腰の帯革に短剣を収め、「心配ない」と私の背中をポンポンと軽く叩いた。

（というか、斥候とは物騒な。ガルブレイスはどこかと領地争いでもしているのでしょうか？）

気にはなったけれど、なんだか尋ねるのも憚られる。空を見上げれば、アリスティード様の言う通りに赤く光る何かが一直線に向かってきていた。それはよく見ると、この間のベルゲニオン襲撃の際にリリアンさんが使っていた『伝令蜂』と呼ばれる魔法道具の一種だった。ガルブレイスの騎士たちは、この伝令蜂を使って遠くの人とやり取りをしている。赤い色は緊急の要件だと聞いていたので、私は何かよくないことがあったのでは、とドキリとする。

アリスティード様が左手を空に向かって伸ばすと、赤い伝令蜂は迷うことなくその長い指先にとまった。

「……やれやれ、夜まで待てんのか」

伝令を聞いたアリスティード様は、「いつものことだ。気にするな」と仰って、伝令蜂を青色に変えて飛ばしてしまった。

「そのまま帰してしまってよろしかったのですか？」

「構わない。何故今緊急伝令を飛ばす必要があるのだ？　無粋にもほどがある」

飛び去る蜂に向かいぶつぶつと文句を言い放っていたアリスティード様が、気を取り直して扉に手をかける。

「次の大規模討伐の打ち合わせを兼ねて砦長たちが来ているのだ。そもそも明日の予定だったのだから、本当に気にする必要はないからな」

そうして私たちはそのまま魔法道具屋に入ったのだけれど。

カランカランという乾いた呼び鈴が鳴る音がして、店の人の「いらっしゃい」という声がした。でも、店の中は棚やら何やらいっぱいで姿が見えない。それに通路も狭くて、うっかり衣服が引っかかると大変なことになりそうだ。

「こんなにたくさん……本当にどこから見ていいのか迷ってしまいそうです」

「うむ、いつ見てもどこに何があるのかさっぱりわからん」

棚という棚には魔法道具が隙間なく置かれ、そこから溢（あふ）れ返ったものは木箱いっぱいに詰められて積み上げられている。一応、分類はされているようだけれど、何かをひとつ手に取れば他のものが落ちてしまいそうで、私は店の人を探して奥に進んだ（背が高く手足が長いアリスティード様は、棚と棚の隙間を縫って進むのに難義なされていた）。

（ふふふ、この魔法道具独特の匂い、なんだか落ち着きます）

古びた紙や薬草などの匂いは、マーシャルレイドの研究棟で毎日のように嗅いでいたものと同じだ。二階に上がる階段の端に書物が積み上っているので、どうやら一階に道具類、二階に魔法書を置いてあるらしい。

商品を倒さないように避けながらようやく店の奥までたどり着いた私は、こちらをじっと見ている眼鏡の女性と目が合った。

「おやまあ、可愛らしいお方だ」

「こんにちは」

「魔力の質ですぐにわかったよ。いらっしゃい、北のお姫様。孫から話は聞いているよ」

長い白髪を編み込んだ女性が、読んでいた本を置いて立ち上がる。古代魔法語とは違う種類の魔法文字が縫い取られた灰色の肩掛けがとても良く似合っていた。歳は七十くらいだろうか。

「こんにちは。あの、お孫さんとはどなたのことでしょうか」

私は魔法道具を跨ぎながらこちらに向かってくるアリスティード様を思わず振り返る。孫と聞いて「まさかアリスティード様のお祖母様では⁉」と焦る私に、女性はにんまりとした笑みをたたえた。

「安心おし、ご領主じゃないよ。オディロンって言えばわかるかい？」

「まあ、オディロンさんのお祖母様だったのですね。はじめまして、その節はオディロンさんに大変お世話になりました」

「世話になったのは私たちの方さ。あのやる気のない孫が久々に目を輝かせてやって来てね。新しい研究を始めるんだと張り切っているよ」

「新しい研究？」

それは一体なんなのだろうか。すると、ようやくこちらに抜け出してきたアリスティード様が、話を遮るようにして咳払い(せきばら)をした。

「オシマ婆様、勝手に話すとオディロンが拗(す)ねますよ」

「ご機嫌よう、ご領主。相変わらずえげつない魔力だね。あの子に言うのはやめておくれよ。ただでさえ用事がなければ寄り付きもしないんだから。それよりもご領主。さっきからあんたのところの蜂が煩(うるさ)くてかなわない。さっさとなんとかしておくれよ」

「蜂？　まさか、また飛ばして来たのか⁉　すまない、オシマ婆様」

店主に断ってアリスティード様が近くの窓に向かう。手が当たったのか魔法道具が幾つか転がってしまい、私はそれを拾い上げる。

（こ、壊れてる⁉）

真っ黒な球体に金と銀の輪が幾重にも巻き付いている魔法道具は、その真ん中にひびが入っていた。

「大丈夫だよ、北のお姫様。それは元から壊れていたんだ。ここにある古い魔法道具はほとんどみんな壊れていいてね。古代魔法なんて誰も見向きもしないだろう？」

　黒い球体を何に使うのかさっぱりわからないけれど、古代魔法語で『空の地図』と書いてある。他にも古代魔法語を使った魔法道具を見つけたけれど、そのどれもが埃（ほこり）を被っていた。

「ここでも古代魔法はそのような認識なのですね。私はずっと古代魔法を学んできましたけれど、マーシャル……故郷の魔法道具屋でも同じような扱いでした」

「そうだね。今の魔法の方がずっと洗練されているからね。でも、私ら森人の祖先の中には古代魔法語を使って精霊と会話をしていたなんて言い伝えも残されているよ。お姫様は何をお望みだい？　ここいらの店の中じゃあ、品揃（しなぞろ）えは私の店が一番さ」

「えっ、は、はい。魔法陣を描くための染料を」

　アリスティード様が窓を開けたので、店の中に風が入ってきて埃がぶわりと舞い上がる。思わず袖で鼻と口を覆った私は、アリスティード様のところに駆け寄って窓を閉めた。品揃えは一番かもしれないけれど、掃除ができないくらいに物が溢れてしまっているのはいただけない。

　そのまま埃が落ちるのを待っていると、先ほどと同じような赤い伝令蜂がアリスティード様の周りをぶんぶんと飛び回っていた。

「まったく、しつこい！　俺は不在だと言っているだろう！」

　伝令を聞いたアリスティード様が苛々とした声を上げる。きっとどうしても連絡を取りたいことがあるのだろう。お忍びはここで終わりにした方がいい。少し残念だけれど、私はアリスティード様の袖を引いて「戻りましょう」という意味を込めて小さく頷（うなず）きかける。

美しいパルーシャの衣装も着せてもらえたし、ガレオさんの鍛冶工房にも連れて行ってもらえた。それに、美味しいものも一緒に食べられた。魔法道具の調達は次の機会にもう一度行けばいいのだから、これ以上アリスティード様を独り占めするのはよくない。

「残念ですが、今日は『ロジェ様』は終わりのようですね」

「あれ、姫様?」

城に帰ってきたのは昼三刻前。

私の姿を見つけた門番を務める騎士が角笛を吹いた。すると、正門の傍にある騎士たちの詰所から、今日の護衛担当のリリアンさんが飛び出してくる。リリアンさんと一緒にいたナタリーさんも不思議そうな顔で出迎えてくれた。

「お帰りなさいませ、姫様。ケイオス補佐から夕食を外で済ませてくると伺っておりましたが……おひとりでございますか?」

ナタリーさんが私の背後をしきりと気にしている。

「ロジェさ……アリスティード様は、階段下で他の方と話し込んでおられまして」

私はちらりと後ろを振り返る。ナタリーさんも私の視線の先を確認して、それから盛大な溜(た)め息(いき)

をついた。

「申し訳ありません、姫様。伝令蜂が届いてしまったのですね」

「はい」

あれから三回目の伝令蜂が飛んできたところで私たちは切り上げることにした。アリスティード様は不満そうな顔をなされていたけれど、無視する度に伝令蜂が飛び回るとなれば、オシマさんのお店の営業妨害になってしまう。

「何度も届くので、流石に無視できるものではないと急ぎ戻ってきました」

もっとも気にしていたのは私の方で、アリスティード様は蜂が飛んでくる度に渋い顔をするだけだった。気にするなとは言われたけれど気持ち的に買い物どころではなくなってしまった私は、アリスティード様と「また次の機会に」と約束して帰城することにしたというわけだ。

「あの伝令蜂を送ったのはデュカス砦長です。次の大規模討伐の打ち合わせに来ているのですが、閣下がご不在の際にはいつもああして催促をするせっかちでして」

なるほど。アリスティード様の姿を見るなり突進してきた男性はデュカスさんという騎士らしい。まるで敵でも見つけたかのような気迫に気圧（けお）されて、私は先に階段を昇ってきたのだけれど。

多分、あの騎士の視界には私は入っていなかったと思う。

階段の下では、ひとりの騎士がすごい勢いでまくし立てている。うんざりとした様子のアリスティード様が上を見上げ、私に向かって肩をすくめると、騎士の「聞いておられるのですか、閣下!!」という大声があたりに響いた。

◆ ◆ ◆

ブランシュ隊のリリアンとナタリーに連れられ、メルフィエラが扉の向こうに消えていく。何度も緊急の伝令蜂が届いたことで、余計な気を使わせてしまったことが申し訳ない。

「閣下？」

俺は訝（いぶか）しげな顔でこちらを凝視しているデュカスに向かって肩をすくめ、ゆっくりと階段を昇った。

「閣下、どちらへ」

「皆が揃ったのであれば、お前の言う通り今から作戦会議でも問題なかろう。まったく、俺には自由はないのか」

「そ、そういうわけではございませんが」

ひと言嫌味を込めれば、苦虫を噛（か）み潰したような厳つい顔のデュカスがついてくる。

真面目が騎士服を着て歩いていると揶揄（やゆ）されるこの男は、東エルゼニエ砦の長を務めていた。ガレオと同じくらい体格が良く、鉄壁の守りを誇る重装騎士でもある。そして、先代ガルブレイス公爵と旧知の仲だ。十二人いる砦長の中で最古参の騎士であり、俺が改革する前のガルブレイスを知る人物だった。

（やれやれ、ひと悶着あるだろうな）

意志の強そうな太い眉を寄せ、むっつりと口を引き結んでいるデュカスに、俺は内心溜め息をついた。いかにも、「メルフィエラという存在がガルブレイスにとって有益でなければ認めない」などと言い放ちそうな雰囲気である。事前にこの度の婚約について砦長たちには通達してあったのだが、真っ先に難色を示したのがデュカスだ。

『ガルブレイス公爵』という称号はもはや役職に近く、貴族であろうがそうでなかろうが、力を示しさえすれば誰でもなることができるというのに。それでも兼ねてから、「政略結婚で資金援助を」という話があるにはあった。今はそんなことをしなくても自分たちで資金を稼ぐこともできるようになっているのだが、興味はないと伝えていても経済力がありそうな家の令嬢を嬉々として勧めてくる者も未だにいる（大半は俺の名前を聞いただけで先方に断られているが）。

俺は飾り羽がついた帽子を脱ぐと、気持ちを切り替えてデュカスに命令する。

「デュカス。いつもの場所に皆を集めておけ」

「はっ！」

議題は二十日後に予定されているユグロッシュ塩湖の大規模討伐についてと、天狼についてだ。

しかし、

（さて、メルフィを討伐に連れて行くことをどう納得させようか）

もっとも、納得するもしないも俺がやると言えばやることになるのだろうが。だが今まで私的なことでそうしたことはないし、これからもするつもりはない。

走り去っていくデュカスに背を向けた俺は、急いでテールの間へと戻る。するとすぐにケイオスが入ってきた。

「デュカスを止められず申し訳ありません、閣下」

開口一番謝罪してきたケイオスは疲れたような顔をしていた。多分、喚き散らすデュカスをあれやこれやと宥めすかしていたのだろう。

「メルフィとは次の約束を取り付けた。まあ、最近の魔物どもの不穏な動きを見ていれば、あれの焦る気持ちもわからんでもない。狂化魔獣の報告が例年に比べると二倍近いからな」

東エルゼニエ砦は、エルゼニエ大森林の防衛線の直近に位置している。常に魔物の脅威に晒されている砦では、俺たちよりもその異様な雰囲気を身近に感じているに違いない。

その懸念もわかる。十七年前の厄災が再びガルブレイスを襲うのではないかという漠然とした不安が、デュカスを駆り立てているのだろう。

だが、俺もただ浮かれているわけではない。メルフィエラには申し訳ないが、ルセーブル鍛冶工房に連れて行ったのもちょうど大規模討伐の用件があったからだ。

「メルフィは隣の部屋か？」

「いえ、実は……お着替えになられるのかと思ったら、そのまま天狼の様子を見に行かれました」

「そうか。もう少し時間を割いてやりたいが、これもガルブレイスで生きていくうえでの定めでもある。難しいな」

秋という季節柄、ガルブレイスではやることが山積みだった。冬になれば自由な時間が取れる。だがだからといって今この時を他人に任せっきりにはしたくない。せめて自分が城にいる時は……と考えて俺はケイオスを見た。そうだった。砦長を納得させる前に、こいつを落とさねばならなかったのだった。

「な、なんですか」

至近距離だったので、ケイオスの驚いた顔が意外と近くにあった。ケイオスは決して見てくれが悪いわけではない。むしろ端整な顔をしていると思う。浮いた話もあっただろうに、俺に合わせたようにして独り身を貫いている。

「閣下？」

「言い忘れていた。次のユグロッシュ塩湖の大規模討伐に、メルフィを連れて行くことにした」

「は？」

途端にケイオスが半眼になる。また「ば閣下」と言われそうな予感がした俺は、ケイオスにとって非常に魅力的な情報を付け加えた。

「実はな、メルフィ曰く（いわ）ユグロッシュ百足蟹（ひゃくそくがに）はあの幻の虹蟹よりも美味いらしい。子供の頃に食べたその味を今でも忘れられないくらいだと言っていたが……。そうだな、討伐に連れて行くのは危険だな。仕方ない。蟹は新鮮さが命だと聞いているが、連れて行けないのであればいつも通り燃やしてしまうか」

　俺は溜め息をつくと、「残念だ」という言葉で話を打ち切った。のだが。

「閣下」

「なんだ、ケイオス」

「わざと私を煽りましたね？」

　ケイオスの片眼鏡の奥から覗く黒い目の瞳孔が開いている。日焼けすることのない白い顔が仄かに赤く色づき、いつになく気色ばんでいるのは見間違いではないだろう。というか、眉間の皺が二本になっている。

「そ、そう怒るな」

「私の好物を引き合いに出すのは狡いと思うのですが？」

「お前は昔から蟹に目がないからな。どうだ、食べたくはないか？　メルフィは『獲りたてを釜茹でに』と言っていたぞ？」

「と、獲りたてを釜茹でに……」

　子供のころからの長い付き合いであり、かけがえのない親友にして信頼のおける冷静な補佐が、自らの食い意地の前に陥落したのは言うまでもない。

◆　◆　◆

作戦室には、今回の討伐作戦長を務めるユグロッシュ砦のギリル、アザーロ砦のヤニッシュ、ガルバース砦のパトリス、リエベール砦のザカリー、そして東エルゼニエ砦のデュカスの五人がいた。

支度をしている間、先にケイオスを差し向けて説明をさせていたので、それぞれが何か考え事をしているような顔だ。ミュラン、アンブリー、ゼフ、ブランシュ、オディロンに続いて俺が最後に部屋に入ると皆が一斉に立ち上がる。

「いい、そのまま座っておけ。ベルゲニオンの襲来と天狼については、ケイオスから話は聞いたな？」

メルフィエラについては敢えて伏せさせていたのだが、それにいち早く気づいたのは片目を眼帯で覆ったアザーロ砦のヤニッシュだ。

「ところどころかいつまんである程度は。でも、肝心なところが抜けていますよね」

細かく編み込んだ金髪のヤニッシュが、片方だけしかない目をスッと細める。俺ほどではないもののヤニッシュの青い右目は魔眼だ。左目は子供の頃にドレアムヴァンテールという魔獣に潰されてしまったと聞いている。魔物を討伐することこそが生き甲斐だと豪語するこの男は、その執念だけで砦長までのし上がった実力者だった。

「庭を闊歩しているあの天狼。狂化状態からどうやって脱したんですか？　まさか閣下のように魔法を放ちまくったわけじゃありませんよね」

　そう言ったヤニッシュの指先に青白い火が灯る。

「それは自分も気になっておりました。まさかそこにいるオディロン魔法師長が新しい魔法で何かやったとかそういうあれでしょうか？」

　ヤニッシュに同意しつつオディロンに目を向けたのは、ガルバース砦のパトリスだ。オディロンに良く似た枯れ草色の長い髪を緩く編み、柔和な顔をしているため女性に間違われがちだが、薬草や毒を巧みに使いこなす危ない男である。ちなみにオディロンを好敵手と考えている節がありことある事に張り合っていた。

「あの天狼は狂化寸前の状態だった。だが、あそこまで回復できたのは、婚約者たるマーシャルレイド伯爵令嬢の功績だ」

　婚約者と聞いてデュカスの太い眉が片方上がる。やはりひと言どころではなく山ほど言いたいことがあるようだ。

「その……婚約者様ですが、名のある魔法師だとか、案外マーシャルレイドという北の要の猛者(もさ)だとか、そういう感じのご令嬢なのですか？」

　パトリスがちらりとブランシュの方を見る。ブランシュはすらりとした女性であるが、ルセーブル工房の分厚い扉に背丈ほどある大剣を貫通させることができるほどの怪力の持ち主だ。まだ若かった頃に自分の命を顧みずに無茶なことばかりするガレオに決闘を申し込み、見事に勝利して婚姻に持ち込んだ話は騎士たちの間で伝説となっている。ブランシュは、「なぜ私を見る。姫様に失礼だぞ、パトリス。閣下の姫様は、私などとは違ってそれはそれは可憐で可愛らしいお方なんだからな！」と、鼻息も荒くパトリスに食ってかかった。そんなブランシュにアンブリーとゼフが同意してうんうんと頷いている。

「メルフィエラは騎士ではなく魔法師に近いだろう。俺と同じく『古代魔法』の使い手だ。魔法陣を構築させたら俺より強いぞ。それに、使う魔法はかなり特殊だ。古代魔法語の魔法陣を使って天狼を傷つけることなく、澱んだ『魔毒』を抜き出して見せたのだからな」

俺の説明に、各砦長たちが息を飲む。

「わ、我々はこの目でこの目で確かめたわけではないので、にわかに信じられません！」

そんな中で、すかさずデュカスが椅子から立ち上がると食ってかかる。

「そうですよ。狂化した魔獣が魔法で元に戻るなんて、未だかつて聞いたこともありません。ですがもしそれが本当であれば、ご令嬢は王城の魔法師に匹敵する実力の持ち主ということですよ⁉」

リエベール砦のザカリーは、目を白黒させて心底驚いた顔になっていた。騎士ではなく魔法師のザカリーには、メルフィエラが成し遂げたことがどれだけすごいことなのかわかっているようだ。

「貴方も見たのですか、オディロン」

ザカリーに問われたオディロンが俺の顔を見てくる。俺が頷いて許可を出すと、眠たそうな目をカッと開いたオディロンがとくとくと語り始めた。

「まず、北の姫君は閣下とご同類だと思いますね、僕は」

「ご同類っていうと、あれか？　魔眼持ちなのか？　閣下と比べてどれくらい強い？　ドレアムヴァンテール狩りに連れて行けるくらいなのか？」

魔眼持ちだからだろうか。ヤニッシュが食い気味に質問攻めにする。メルフィエラは魔眼持ちではなさそうだが、その髪は魔力に反応するのか赤く輝く。どうやら髪を媒体にして魔力を制御しているのではないか、というのがオディロンの見解であるが、あくまで憶測の話だ。

「訓練をすればあるいは。でも姫君の真価はその古代魔法の種類にあるかと。確かに、十種類以上の古代魔法語の魔法陣を組み合わせた『複合魔法陣』を駆使して、生きた天狼から魔毒を抽出しましたよ、僕の目の前で。それもいとも簡単に。何刻の間その魔法陣を発動させていたと思います？　信じられないことに、六刻以上ですよ。まるで女性版閣下ですよね」

オディロンの説明に、今度こそ誰もが絶句した。

ユグロッシュ塩湖への討伐の打ち合わせを終え、オディロンとザカリーとパトリスが何やら言い合いをしながら（言い合いというかパトリスが一方的に喋（しゃべ）っていた）部屋を退出する。俺は会議が終了したことを知らせるため、メルフィエラについている護衛のナタリーとリリアンに伝令蜂を飛ばした。

「……それにしても、その北のご令嬢を討伐に連れて行くなど、閣下も思い切ったことをなさいますね」
ユグロッシュ砦長のギリルが今しがた決定したばかりの作戦内容を紙にまとめながらちらりと俺を見る。討伐作戦長として色々と準備をしなければならないうえに、気を遣わなければならない人が増えて胃が痛いのだろう。短く刈った薄茶色の髪をガリガリと掻きむしりながら、略図を眺めてうーむと唸る。

「連れて行くといっても拠点まででですよ、ギリル。こちらで人手は揃えますので心配はご無用です。それにあくまでも安全な場所から遠見の魔法で討伐の様子を見てもらうだけで、メルフィエラ様の出番は討伐後ですから」

俺の代わりに答えたケイオスに対してギリルはなんとも言えない顔をした。

「その討伐後、百足蟹を食べたいと思う騎士がどれくらいおりますかね。まあ、ケイオス補佐はお食べになるようですが」

ギリルも大半の者と同じく、魔物を食べるということについて説明だけでは半信半疑な様子だ。そんなギリルにケイオスは涼しい顔で答える。

「私はメルフィエラ様の魔物料理を実際に食べ、その味を信用しておりますので。そうですよね、ミュラン隊長、アンブリー班長、ゼフ」

ケイオスの呼びかけに、共にメルフィエラの魔物料理を食べたミュランとアンブリーはもちろんというように大きく頷く。あの食わず嫌いだったゼフも、「この次はアンダーブリックを食べさせてもらえる約束なんですよ」と嬉しそうだ。

そしてケイオスは懐から取り出した何かを齧ると、もうひとつ同じものを取り出してギリルに差し出した。

「貴方も食べますか？」

「干し肉ですか。甘いものは好みませんが、こういうのは大歓迎です」

ギリルが干し肉を受け取り何の抵抗もなく齧る。咀嚼しているギリルを見ていたケイオスが、非常にいやらしい笑みをたたえていた。そして俺はその干し肉に見覚えがあった。

「ほう、こいつは辛味があって美味いですな。非常によく味が沁みている。噛めば噛むほど後から後から旨みが湧き出てくるようです。新しい携行糧食ですか？」

ギリルのその感想を聞いていたアザーロ砦長のヤニッシュが、ケイオスに向かって手を差し出す。

「俺にもくれ」

「仕方ないですね」

そして豪快に齧り取ったヤニッシュも、「うめぇ！」と叫んで残りを一気に口の中に突っ込んだ。二人が十分に干し肉を堪能したところで、誰に聞かせるでもなくケイオスが呟く。

「これ、メルフィエラ様ご謹製の『スカッツビットの干し肉』なんですよ。ピリッとした辛みと肉の旨みが私のお気に入りなのです」

「ゴホッ！」

ケイオスがしたり顔で明かした事実にギリルが盛大に咳き込む。既に全部食べてしまっていたヤニッシュは、片目をまんまるにして口を開けて驚いている。

「ケイオス……お前、分析のために全部使ったのではなかったのか？」

俺は席を立つとケイオスに詰め寄った。メルフィエラお手製の、干したスカッツビットとすり潰したベルベルの実などの香辛料が絶妙な味わいを作り出している、後から後から食べたくなるあの魅惑の干し肉が、何故ここにあるのか。俺の視線を微妙に受け流したケイオスが、干し肉が入った懐を手で押さえる。

「きちんと成分の分析はしました。これは残りです」

「これは俺が、メルフィエラから礼としてもらったものだぞ」

「そうだとしても迂闊な閣下が毒見もせずに食べるからですよ」

「お前な、自分がむっつりで食い意地が張っていることを棚に上げるな」

半眼でケイオスを睨みつけると、ケイオスはとぼけたような顔をしてそっぽを向く。干し肉のことを知らなかったミュラン、アンブリー、ゼフも、「自分ばっかり」というようなジトッとした目つきでケイオスを見ていた。

「閣下、メルフィエラ様にお願いすればきっとまた作ってくださいますよ」

「スカッツビットはマーシャルレイドにしか棲息していないのだが」

「ここには似たような種類のジェッツビットがいるじゃないですか」

「そういうものではない！」

それにこれは、メルフィエラから初めてもらった記念すべき魔物食なのだ。どうせこいつのことだ、部屋にこっそり仕舞い込んでいるに違いない。後で没収しておかなければ。

「あの、これ、腹を壊したりしません……よね？」

ギリルが恐る恐る腹に手を当てる。ギリルも仕方なく魔物を食べたことがある騎士のひとりだ。その時のことを思い出したのだろう、顔色が悪い。

「それは問題ない。メルフィエラが魔法陣で魔力をすべて吸い出しているからな。俺はもう何度となくメルフィエラが捌いた魔物を食べているが、腹を壊したり体調不良になったりしたことは一度もないぞ。マーシャルレイドはこの魔物食で十七年前の厄災をしのいだのだ。それは揺るぎようのない事実だ」

「……なんという規格外な方なんですか。確かにガルブレイスにとって有益ですが」

ギリルが言いにくそうにデュカスとヤニッシュを見遣る。デュカスの故郷は、狂化した魔獣によって滅ぼされている。そしてヤニッシュは魔獣に目を潰された。ギリルにしても、ユグロッシュ砦で魔物に苦しめられているひとりだ。抱える思いは人それぞれ、メルフィエラも言っていたが、万人に受け入れられるにはまだまだ時間が必要であった、が。

「なるほど……あいつらはやり方次第じゃ立派な食い物になるのか」

片目のヤニッシュが青い魔眼を妙にギラギラさせて呟いた。

「ってことは、ドレアムヴァンテールも食えるってことだよな。そうか、あいつもきっと美味いんだろうなぁ……俺の目、食われちまったけど、食っちまえば俺の勝ちじゃね？」

常々戦闘狂の危ないやつだとは思っていたが、想像以上に危ないやつだった。しかしヤニッシュはこう見えて結構面倒見はいいし、実力も十分ある。

エルゼニエ大森林の遥（はる）か向こう側にあるガルバース山脈の主であるドレアムヴァンテールは、ドラゴンと獅子（しし）が合体したような、見るからに危険な姿かたちをしている。普段はガルバース山脈から降りて来ないのだが、十七年前の厄災の折にこのミッドレーグまでやって来た。まだ子供だったヤニッシュは、ドレアムヴァンテールに襲われた際に前公爵に助けられた経緯を持つ。なんとか撃退に成功して山に帰したものの、その時からずっと、ヤニッシュにとってドレアムヴァンテールは仇（かたき）であり絶対狩るべき対象になっていた。

そこで、メルフィエラの元に飛ばしていた伝令蜂が返ってくる。青い蜂は俺の指先に止まるとナタリーの声で返事を伝えてきた。

「閣下、メルフィエラ様はどうなされておりますか？」

メルフィエラの様子（というか護衛に付けている部下のリリアンの様子）が気になっているのだろうブランシュが、そわそわとした顔で聞いてくる。

「一度自室に戻った後、着替えてまた天狼のところに向かったそうだ。仔天狼（こてんろう）に餌をやるらしい」

俺はメルフィエラの都合がよければ、晩餐の際にでも砦長たちと顔合わせをすること考えていたのだが。それを聞いたデュカスがゆっくり立ち上がると、真っ直ぐに俺を見た。

「私は、ありのままのご令嬢にお会いしたいと思います」

スカッツビットの干し肉の話題も無視していたデュカスだったが、まだ諦めていなかったらしい。

「たわけが。まだ婚姻を結んでいないとはいえ、メルフィはマーシャルレイド伯爵家の令嬢だ。たかがお前ごときの都合や事情を押しつけるな」

案の定デュカスは今すぐ会わせろという圧力をかけてきたので、俺はにべもなく却下した。今のデュカスは冷静ではない。しかし、ガルブレイスが今よりももっと冷遇されていた世代の騎士であり、貴族に対して偏見があるのは理解している。デュカスにしてみれば持参金や資金援助を期待できない以上は、どんな令嬢を連れてきたにせよどうあっても反対なのだろう。ケイオスにも睨まれて「出過ぎた真似を、申し訳ありません」と謝罪したものの、デュカスの顔はまったく納得していなかった。

「とはいえ、晩餐まではまだ時間があるな」

刻標を見ると夕方五刻前であった。食堂が騎士たちでごった返すのは夜六刻から七刻で、落ち着いて食事を取れるのは七刻過ぎになる。その間砦長たちが城内をウロウロして、たまたまメルフィエラに出くわすとも限らない。俺はこのまま会わせてもいいかもしれないと思案した。

「メルフィであれば支度にそう時間はかかるまい。が、ブランシュ、お前はどう思う？」

「それは、私は、姫様にはしっかりとお支度をしていただきたくは思いますが……姫様は閣下と同じようなお考えですので、めんど、んんっ、時間がかかるお支度は難色を示されるかと」

　メルフィエラの護衛であるブランシュはラフォルグ夫人らと共に身の回りの手配まで担当しているので、俺の知らないメルフィエラの色々な事情を見聞きしている。研究に打ち込むが故に生活が疎（おろそ）かになりがちなメルフィエラは、着飾ることに喜びを見出すどころか一日に何度も着替えるその時間が惜しいとまで豪語する筋金入りだ。

　そこにものすごい勢いで挙手をして発言の許可を求めてきたのは、アンブリーとゼフだった。

「どうした、お前たち。ゼフはともかくアンブリーまで」

　言いたいことをはっきりと言うゼフとは違い、アンブリーは思慮深く寡黙な方である。俺がまずアンブリーに促すと、アンブリーはひと呼吸置いてから話し出した。

「僭越（せんえつ）ながら閣下、メルフィエラ様は今だろうと後だろうとお気になさる気質ではないかと。むしろこの会議の場に呼ばれていないことをお気になされると思います。ナタリー（いもうと）からも聞いていますが、事あるごとに閣下のお役に立ちたいと仰っておられるようで」

「そうですよ、閣下。ただでさえメルフィエラ様はひとりでガルブレイスに来たんですから、不安だらけだと思いますよ。早くここに慣れようと頑張っておられることは、俺たちがよく知っています」

　アンブリーはともかく、ゼフにまで諭されるとは思ってもみなかった。メルフィエラと共にロワイヤムードラーやザナスを捌いて食べた騎士たちや天狼騒動を見ていた騎士たちは、メルフィエラに敬意を持って接している。ミュランまでもが「嫌なことはさっさと終わらせるに限ります！」と屈託のない笑顔で進言してきたので、希望者をこのままメルフィエラのところまで連れて行くことにした……のだが。

何か硬いものを叩くような音と、水気のある何かがぶちまけられるような音が広い庭に響き渡る。親天狼はゆっくりと尾を揺らしながら寝そべっており、警戒している様子は微塵もない。

ダンッ、ビチャッ、ダンッ、ビチャッ、ダンッ

薄らと紫色になってきた空の下、メルフィエラは無心でモルソの下処理をしていた。ダンッという音はモルソの首を刎ねる音で、ビチャッの方はモルソの内臓を押し出す音だ。いつもの作業服に着替えて、厨房から借りた前掛けをつけている。その前掛けは飛び散ったモルソの血と何かで赤く染まっていた。

手際よく、流れるような仕草で淡々とモルソを捌いていくメルフィエラの隣にはナタリーがい

た。ナタリーは山積みになった首なしモルソの皮を、これまた手慣れた手つきでぐるっと剝いでいく。そして大きな木桶の前で待ち受けていたリリアンが、まる裸になったモルソを綺麗に水洗いしていく。その傍にはモルソに齧り付く仔天狼もいた。

「あ、あの赤い髪の娘が、マーシャルレイド伯の長子ですか？」

引き攣った顔で呟いたデュカスが何度も瞬きを繰り返して目を擦る。

「ああ。いい腕をしているだろう？　ああやって自ら魔物を捌くのだ。実に無駄のない動作だと思わんか？」

「あれは相当場数を踏んでますね……いい、実にいい腕をしているじゃねぇの」

デュカスとは違い、ヤニッシュはヤニッシュなりにメルフィエラを気に入ったらしい（発言が危ないので要注意だが）。

メルフィエラ、ナタリー、リリアンを経て綺麗な肉になったモルソの腹の中に、小厨房長が野菜と穀物をせっせと詰め込んでいた。どうやら晩餐の準備に取りかかっているようだ。

「なるほど、鳥の詰め物ならぬモルソの詰め物ですか。今日の食事も期待できそうですね」

食い意地が張っているケイオスは、新しい魔物料理に興味津々といった様子で見入っている。

「はぁっ⁉　モルソの詰め物って、本気ですか？　あれも立派な魔物ですよ？」

スカッツビットの干し肉に懐疑的だったギリルは、魔物を捌く様子を目の当たりにしておよび腰だ。

「俺、手伝ってきます！」

「待てよ、ゼフ。お前穀物粥くらいしかまともに作れないだろ？」

「あのな、ミュラン。俺は最近真面目に料理の勉強をしてるんだ。いつまでも食わず嫌いのままだと思うなよ」

すっかり食わず嫌いが治ったゼフがメルフィエラの方に駆けて行くと、ミュランとアンブリーもその後に続いた。三人に気づいたメルフィエラがモルソを指差して何かを指示すると、ふと顔を上げる。

「アリスティード様！」

首を刎ねたばかりのモルソをブンブンと振ったメルフィエラが、とても楽しそうに笑顔を向けてきた。

# 第三章　詰め物をした害獣をこんがり窯焼きで〜食材：モルソ〜

モルソが山積みになっている。

天狼（てんろう）の監視をしていた騎士からそんな話を聞いた私は、親天狼の観察を終えてから、問題のモルソの山を見に行くことにした。

「姫様。畑に行くのでしたらその衣装では汚れてしまいます。お召し替えをなされた方が」

本日の護衛であるナタリーさんの提案に私は頷（うなず）き返す。

「そうですね。いつもの服に着替えます。アリスティード様も会議に出向かれていますし」

城の入口でアリスティード様と話し込んでいた騎士は、東エルゼニエ砦（とりで）の砦長を務めている人だとナタリーさんから説明を受けた。デュカスさんというそうで、前ガルブレイス公爵様がご存命であった頃からガルブレイスで騎士をしている重鎮らしい。

（不自然なくらいに私の方を見なかったのは、そういうことだものね）

アリスティード様と並んで歩いていた私を無視して、いきなり自分の要件を話し始めたのだ。私を主君の奥方として認めない、という意思表示だったのだと後から気づいたけれど、だからといって今の私にできることはない。

侍女からパルーシャを脱がしてもらっていつもの服に着替えた私は、アリスティード様たちの会議がまだ終わりそうにないことを確認してからもう一度庭に出た。

ミッドレーグ城の裏にある庭の片隅には、レーニャさんたち厨房(ちゅうぼう)の料理人が世話をしている畑がある。天狼の仔(こ)が狩りの練習がてら害獣のモルソを獲ってくるようになり、今日はよく獲れたのか山盛りになっているらしい。あわよくば味見をしてみようと思い、私は調理用の刃物やその他の器具も一緒に持ってきた。

モルソは微量の魔力を持つ害獣だ。畑の作物を齧(かじ)るため見つけたら駆除しているものの、穴を掘って暮らす生態のせいで捕獲もなかなか難しいとリリアンさんが言っていた。

「姫様、どうなされたのですか？」

畑にはレーニャさんと厨房の料理人たちがいた。私に気づいたレーニャさんが駆け寄ってくる。ちょうど野菜を収穫していたらしく籠には瑞々(みずみず)しい葉野菜がたくさん入っていた。

「天狼の仔がモルソを山積みにしていると聞きまして」

「あっ、そうなんです。今日は天気も良くて暖かかったからか、モルソがいっぱい出たんですよ。仔天狼ちゃんがすっかり退治してくれて助かりました」

レーニャさんが振り返った先には、木箱の中にモルソを放り込む使用人の姿があった。きちんと仕留めているものと、そうでないものがあるらしい。使用人の手の中でもぞもぞと動き出すモルソもいる。

「それにしてもまるまる太っていますね」

「ええ。私たちが育てた最高の野菜を食い荒らしますからね。このまま廃棄するのは癪に障ります」

ここの畑を餌場にしているのであれば栄養状態はいいだろう。私もレーニャさんの言いたいことがわかる。丹精込めて育てた野菜を食べたモルソを、このまま肥料にしてしまうのは非常にもったいない。

「レーニャさん、このモルソを使って新しい料理を試してみたいのですけれど、お野菜を少し分けてもらえますか？」

私はこの間アリスティード様と話していたことを思い出す。あの時は仔天狼が仕留めたモルソは一匹だけで食材になるかは要検討だったけれど、これだけあれば煮込みや詰め物にしても十分にいけそうだ。

レーニャさんが好奇心で目をキラキラとさせて私を見た。料理への探究心が私に負けないくらい強いレーニャさんは、箱に入れられたモルソを摑むと思案し始める。

「姫様は、このモルソをどう調理しようとお考えですか？」

「そうですね。この小ささですから、ぶつ切りにして煮込むか、少し手間がかかりそうですが腹に穀物を詰めて蒸し焼きにしてはどうかな、と」

「詰め物……なるほど。一匹では物足りないモルソも詰め物をすれば食べ応えがある一品になりそうですね」

何かを閃いたレーニャさんが、「野菜と穀物を詰め込んで窯焼きにします！　山羊のケーゼもたっぷり使いましょう」と決めたので、私も一緒に手伝うことにした。

モルソも一応魔獣の部類なので、内包している魔力を抜き出さなければならない。私はナタリーさんとリリアンさんに断りを入れてから、モルソを詰めた木箱にモルソの血を使って魔法陣を描く。そこで私は曇水晶を忘れてきたことに気づいた。

(どうしよう……モルソの魔力は微量だから曇水晶を使わなくても大丈夫そうよね)

まだ私の古代魔法は人前でむやみに使用できないので、木箱の陰にしゃがんでこっそりと呪文を唱える。

『ルエ・リット・アルニエール・オ・ドナ・マギクス・バルミルエ・スティリス……』

魔法陣が反応して、私の手の中にモルソの魔力と血が集まってきた。いつもであれば曇水晶の中に溜める魔力もここでは捨てるしかない。手のひらにいっぱいになったところで、リリアンさんが掘ってくれた穴に捨てていく。

「姫様、素手で大丈夫なんですか？」

リリアンさんが心配顔で穴に廃棄されていく血と私を交互に見た。

「微量ですし、魔毒ではありませんから大丈夫ですよ。こうやって廃棄すれば、モルソの魔力の影響も受けません」

お母様は曇水晶を使うことなくこの血の塊を宝石のような結晶にしていたのだけれど、それはあまりにも危険な魔法だ。失敗をすれば自分の身体に魔物の魔力を蓄積することになる。

そうこうしているうちに血から魔力を感じられなくなったので、私は呪文をやめると魔力測定器を一番上のモルソに突き刺した。数があるので大変だけれど、一匹一匹調べておかなければ万が一のことがあってからでは遅い。魔物を安全に食べられることを証明するためには、失敗は許されないのだ。

「レーニャさん、こちらは大丈夫なので詰め物の準備を進めてください」

「ありがとうございます、姫様。さっそく野菜たっぷりの中身を下ごしらえしてきますね！」

レーニャさんが野菜の籠を手に厨房に駆けて行く。ナタリーさんや料理人の手を借りてモルソの魔力がないことを確認した私は、大量のモルソを捌くために前掛けを借りることにした。

それから一刻ほど過ぎた頃。私たちは順調にモルソの下処理を進めていた。

私が内臓を取り頭を刎ねたモルソを、ナタリーさんが手際よく皮を剝ぐ。ナタリーさんは騎竜部隊のアンブリーさんの妹で、アンブリーさんと同様に手先がとても器用だ。皮を剝いだモルソはリリアンさんが水で洗ってくれた。血が残っていると臭みに繋がるので、丁寧に丁寧に取り除いていく。

ナタリーさんもリリアンさんも護衛なので手伝わなくてもいいのに、当然のように作業を受け持ってくれた。レーニャさんも恐縮していたけれど、ナタリーさんの「リリアンの訓練も兼ねておりますので」というひと声で納得していた。どうやら、遠征に参加する騎士には料理の技術も必須らしい。

途中で定期的に伝令蜂が飛んできて、ナタリーさんが何事かを呟いてまた蜂を飛ばす。どうやら、アリスティード様から私の居場所を把握するための連絡があっているようだ。心配性なアリスティード様らしい、と私は心がほっこりする。ガルブレイス公爵としてやることがいっぱいあるというのに、ことあるごとに心を砕いてくださる姿勢に、私は誠意だけではない何かを感じていた。

「メルフィエラ様、力仕事は我々に任せてください」

そこにゼフさんがやってきた。確か会議に参加していたはずで、ここにいるということは会議が終わったのだろうか。

「あっ、ゼフさん！　アンブリーさんにミュランさんも」

ゼフさんの後ろからは、アンブリーさんとミュランさんが駆けて来る。

「なんでもお申し付けください」

「美味い飯にありつけるよう、俺もひと仕事しますんで」

ミュランさんがニカッと明るい笑みを見せてくれる。アンブリーさんはナタリーさんの作業を見てうんうんと頷いていた（ナタリーさんは嫌そうな顔をしていたけれど、兄妹仲は良さそうだ）。

「お三方ともありがとうございます。それではゼフさんとミュランさんはモルソの骨と身を外してもらえますか？　アンブリーさん、この小さな皮って何かに使えます？」

わいわいと一気に賑やかになったところに、アリスティード様たちがやってきた。

「アリスティード様！　会議は無事終わったのですか？」

私がモルソを持った手を振ると、アリスティード様も片手を上げて応えてくれた。その背後には、東エルゼニエ砦のデュカスさんや、まだ見たことのない騎士の方々がいる。遠巻きにしてこちらを見ている騎士たちを置き去りにして、アリスティード様と黒い眼帯をつけた騎士がこちらに向かって来た。

その間にも夕食の下ごしらえはどんどんと進んでいく。詰め物にしないモルソは骨と肉を切り分けて煮込みに使う予定だ。私の作業を見ていたゼフさんがモルソを手に首を傾げる。

「あれ？　メルフィエラ様、こいつの内臓は腹から出すのではないんですか？」

「ええ、頭を刎ねる前にお尻から押し出すと、内臓が破れずに綺麗に取り出せるんです。えっと、こうやってしごいてから、一気にぐっと押せば……」

頭がついたままのモルソを丸い石の上に置いて力を込めてみせると、内臓が一気に押し出される。ゼフさんとミュランさんが「おおっ！」と驚きの声を上げた。マーシャルレイドの猟師から教えてもらったやり方で、ネルズやビット系の魔獣のように小さな獣を捌く時にはこれのやり方が一番効率よくできるのだ。

（あら、リリアンさん？）

私が視線に気づいて顔を上げると、ミュランさんやゼフさんが作業をしている姿をリリアンさんがじっと見ていた。一緒にやりたいのかと思ったけれど、どうも違う様子だ。その視線はミュランさんに注がれている。

（そういえば、リリアンさんはミュランさんに憧れていると言っていたような）

少し迷った私は、隣でモルソの皮を剝がしているナタリーさんに話しかける。

「ナタリーさん、騎士も遠征で料理をするのですよね？」

「はい、遠征の討伐隊には料理人も組み込まれますが、人手はいくらあっても足りませんから」

「肉を捌くのも仕事のうちですか？」

「その通りです。食べるためだけではありません。素材を取るために解体もしますので、獲物の構造を知ることは弱点を知ることにもなります」

私はもう一度リリアンさんを見る。リリアンさんは遠征に参加したことはないと言っていた。それに先ほど、ナタリーさんはリリアンさんの訓練を兼ねているとも言っていた。

私がナタリーさんに目配せをすると、ナタリーさんもそれに気づいてにっこりと笑みを浮かべる。

「リリアン、そっちの作業は兄さん……アンブリー班長に任せてミュラン隊長の作業をしっかりと見ておいで」

「えっ、あの、いいんですか？」

リリアンさんは戸惑いながらも、ちらちらとミュランさんの方を見る。その顔は少し赤くなっていて、見ていてとても微笑ましい。

「ミュラン隊長はそういう作業もお手のものだからね。参考になるよ」

「は、はい！　ミュラン隊長、よ、よろしくお願いします！」

　ゼフさんは私たちの意図に気づいたようで、ミュランさんの隣をリリアンさんのために開けてあげる。

「そんな風に言われると緊張するなぁ。リリアン、君も自分の刃物を使ってみようか」

「はい！」

　ミュランさんに話しかけられてとても初々しく頰を染めるリリアンさんを見ていると、背後からぽんと肩を叩かれた。後ろを振り返ると、アリスティード様が私に覆い被さるように立っていた。

「メルフィ、さっそくモルソの試食か？」

「はい、仔天狼がモルソをたくさん獲ってきていたので使わない手はないと思いまして」

「ちょうどよかった。お前の魔物食をどうしても食べたいと言う騎士が来ていてな」

　目の前に立った人影に私は前を向く。そこには、黒い眼帯が特徴的な、深い青色の目をした騎士がいた。

（あら？　この眼帯……どこかで）

　どこかで見たような騎士の登場に、私はどこで見たのか思い出そうと記憶を探る。

「俺はアザーロ砦の砦長をやっているヤニッシュだ。さっき、あんたの作ったっていう干し肉を食ったんだが、あれ、美味かったぜ」

「あ、ありがとうございます」

干し肉は最近はスカッツビットかロワイヤムードラーでしか作っていない。スカッツビットは確かケイオスさんが食べてしまったと言っていたし、ロワイヤムードラーは私たちで全部食べてしまったからもうないはずなのに。ヤニッシュさんは何を食べたのだろうか。

アリスティード様を振り返ると、アリスティード様が離れたところに立っているケイオスさんの方をジト目で見た。どうやら、スカッツビットの干し肉をケイオスさんが隠し持っていたらしい。

「あの、召し上がったのはスカッツビットの干し肉ですか？」

私がヤニッシュさんに聞くと、ヤニッシュさんがとてもいい笑顔になった。

「それそれ、スカッツビットな。俺はもう少し辛くてもいいぜ。んでよ。このモルソも当然食べるとして、まあ、あんたにお願いがあるんだが、聞いちゃあくれないか？」

ヤニッシュさんの片方だけの目が輝いて、私は思わずこくりと頷いた。

「あのな、俺にはどーしても殺(や)らなきゃならねぇ奴がいるんだ」

「や、やらなきゃならない奴、ですか？」

ヤニッシュさんの言葉に私は思わず手にしたモルソを見る。やる、とは俗語の『殺る』という意味なのだろう。マーシャルレイドでも気が昂(たか)ぶった猟師たちが時々口にしていた言葉だ。それでは奴とは誰なのか。すると、ヤニッシュさんが私の目の前にしゃがみ込んできた。

「知ってるか？　ドレアムヴァンテールっていう魔獣なんだけどな」

（あ、魔獣でしたか）

　人知れず胸を撫で下ろした私に向かい、ヤニッシュさんが眼帯で覆われた左目のあたりを指でトントンと叩いてきた。ドレアムヴァンテールといえばガルバース山脈に巣食う凶暴な魔獣で、討伐隊を組んでひと月戦っても勝てるかどうかわからないということはアリスティード様から聞いていた。ヤニッシュさんの眼帯とドレアムヴァンテールは何か因果があるのだろうか。

「とても危険で凶暴な魔獣で、ガルバース山脈の主と聞いています」

「そう、そいつそいつ。俺はそいつを殺るために騎士になったんだけどなぁ……ついさっきまで殺った後はどうするかなんてこれっぽっちも考えちゃいなかった」

　ヤニッシュさんが私の手からモルソを取り、器用に捻って内臓を押し出す。そしてシャキンという音を立てて、手甲から鋭い刃を出すとモルソの首を切り落とした。

（あっ、これってルセーブル鍛冶工房で見た爪の武器？）

　確か店の人はご婦人用だと説明してくれたけれど、ヤニッシュさんの使い方を見る限り女性用というわけではなさそうだ。ヤニッシュさんは数匹のモルソを手早く処理すると、屈託のない笑顔になる。

「魔物は魔力を取り除くだけで食えるのか？」

「簡単に言えばその通りです。でも血と共に魔力を抜くので、狩って直ぐに下処理をするか、生け捕りにしてこなければ美味しいお肉にはできません」

「へぇ……このモルソも下処理済みか？」

「はい」

なんだろう。既視感が湧いてきた私は、ヤニッシュさんの右目を見る。青い目は好奇心でいっぱいだ。

一方で、東エルゼニエ砦の長だというデュカスさんは離れたところに立っていて近寄ってくる気配はない。ガルブレイスの騎士たちはどちらかといえば私寄りの考え方をする人が多い。アリスティード様が私のやることをお認めになっているからか、あからさまな嫌悪を向けてくる人や苦言を呈してくる人もいなかった。

私を『悪食(あくじき)令嬢』と噂(うわさ)した貴族たちは、体裁を重んじる者が多い。だから私は、義母のシーリア様以外であからさまな嫌悪を示すデュカスさんが私のことをどう思っているのか聞いてみたいという気持ちはあった。

何を考えているのか、ヤニッシュさんがデュカスさんをチラッと振り返る。そして手甲から刃を引っ込めると、血で汚れた私の手を握ってきた。

「いつから食ってるんだ？」

「えっと、初めて魔物を口にしたのは十七年前です。それからずっと、安全な食べ方を追究してきました」

それを聞いたヤニッシュさんが、「合格」と呟いた。合格とはなんなのか、私は何か試験のようなものを受けていたのか。首を傾げた私の手をヤニッシュさんがグッと握りしめる。

「姫さん。あんた、魔物を食うことに命賭けてんだな。俺もな、魔物を殺すことに命賭けてんだ。でもなぁ、なーんか虚しかったんだよなぁ」

「私は、ガルブレイスの騎士たちの責務が虚しいものだとは思いませんが」

「志がある奴はな。俺は私怨が動機だし？　それでよ、お願いってのは、ドレアムヴァンテールを俺に食わせてほしいんだ」

「ふはぃ？」

　ヤニッシュさんの思わぬ申し出に、私の口からはいささか間が抜けた声が出た。

「魔物ってのはやり方次第で美味い肉になるんだろ？　だったら、俺は奴を食いてぇ。あんたならそれができる。簡単だ」

「は、はい。喜んで」

　どこか鬼気迫るようなヤニッシュさんの勢いに、私は思わずそう答えてしまった。やっぱり既視感がある。それがなんだったのか気づいた私は、思わず後ろを振り返った。

　私の背後に立ってヤニッシュさんとのやり取りを黙って聞いていたらしいアリスティード様は、これでもかというくらいに濃い魔力を垂れ流し、何故かヤニッシュさんの名前を低い声で呼んだ。

「……ヤニッシュ」

　一瞬にして静かになったので不思議に思って周りを見れば、ミュランさんとゼフさんが青褪(あおざ)めた顔になって固まっていた。リリアンさんは真っ赤な顔で目をキラキラとさせていて、ナタリーさんとアンブリーさん兄妹はレーニャさんを連れて仕込み終わったモルソを木桶（きおけ）に入れてそそくさと立ち去ってしまった。

「なんです、閣下？　俺、何か悪いことを言いましたか？」

ヤニッシュさんが心底わからないというような顔になる。

「……ドレアムヴァンテールを狩るのはもう少し待てと言ったはずだが」

アリスティード様がヤニッシュさんの手を掴んで素早く私から引き剝がす。そしてモルソを手に取って握りしめ、私が使っていた刃物で力任せに切り裂いた。手が汚れてしまったけれど、アリスティード様は気にすることなくモルソを捌き続ける。ヤニッシュさんも再び手甲の刃を出すと、アリスティード様に負けじとモルソを捌き出した。

「もちろん待ちますよ。姫さんの遠征訓練もまだなんですから」

「お前な、メルフィをドレアムヴァンテール狩りに連れて行くつもりだったのか」

最後の一匹になってしまったモルソを、アリスティード様より早くヤニッシュさんが掴む。

「ならあの巨体をどうやって持ち帰るっていうんです？　新鮮じゃないと美味い肉にならないっていうんなら、連れて行く他ないじゃないですか」

さも当たり前のように告げたヤニッシュさんは、モルソの首を綺麗に落とす。

「閣下、俺は負け犬のままでいたくねぇんですよ。この間、俺の鼓膜を破りやがったグレッシェルドラゴンモドキも、俺の騎獣を踏み殺したギラファンも。殺るだけじゃ駄目だったんだ。俺は魔物なんかに負けて逃げ出す腑抜(ふぬ)けじゃねぇ。食って弔って、そうじゃなきゃ奴らに勝ったとは言えねぇんだ」

そう言ったヤニッシュさんの右目がギラッと青い輝きを放つ。するとアリスティード様が私を庇(かば)うようにして後ろから左腕を回し、ヤニッシュさんに右手を伸ばしてその額を指でバチンと弾いた。

「痛(い)ってぇ！」

ヤニッシュさんの額に小さな白い閃光(せんこう)が走る。

「魔眼を発動させながらメルフィを怖がらせることを言うな」

「わ、わざとじゃないんですよ。魔物のことを考えるとつい」

モルソの血で汚れた手で額を押さえたので、ヤニッシュさんの顔にはべっとりと血が付いた。その目はもう普通の青い目になっている。

「大丈夫か、メルフィ」

アリスティード様に抱え込まれた私は、その琥珀色(こはくいろ)の目に覗(のぞ)き込まれる。私が魔眼に当てられていないか心配しているようだ。ぼーっとする感じもくらくらするような感じもなく、思考もぼんやりとはしていないと思う。

「は、はい。なんとも。魔眼には耐性があるみたいです」

「ヤニッシュはこの通りぶっ飛んで血の気が多い奴だが、まあ、悪い奴ではない」

「興奮してしまってすまねぇ、姫さん」

ヤニッシュさんが勢いよく頭を下げる。

「だけどよ、俺は本気だからな。俺は食う。誰がなんと言おうともう決めた。色々言う奴は食わなけりゃいいだけだ」

一連の会話を聞いていたケイオスさんが盛大な溜め息をつく。ずっと苦虫を嚙み潰したような顔をしていたデュカスさんは、ヤニッシュさんに冷たい一瞥を向けた。もうひとり、初めて見る騎士はあんぐりと口を開けている。

私もドレアムヴァンテールには興味があるので、アリスティード様さえ許してくれたら喜んで下処理をさせてもらいたい。だけれどそれには色々な準備が必要なのだろうし、正直ひと月以上もかけて討伐しなければならないような遠征について行けるとは思っていなかった。

私は汚れていない方の手で、アリスティード様の服をつんつんと引っ張る。

「あの、アリスティード様」

「なんだ、メルフィ?」

「グレッシェルドラゴンモドキとギラファンは私も食べてみたいです」

秋の遊宴会でアリスティード様とお話をした時から、グレッシェルドラゴンモドキは食べてみたい魔物だった。ガルブレイスに来てから初めて知ったギラファンは、どんな姿をしているのか気になっているし、もちろん美味しくいただきたい。

私の言葉を聞いたヤニッシュさんが、ものすごくいい笑顔で「よっしゃ！」と叫んで握った拳を上に突き上げた。

「それから、その、ドレアムヴァンテールも、すごく興味があるお話なので、今度のユグロッシュ塩湖への遠征で大丈夫そうなら……考えてみてくださいね？」

私が熱意を込めた目で見つめると、アリスティード様が変な声で唸(うな)る。それから「無自覚な可愛らしさが恐ろしい」と呟いた。アリスティード様は時々私にはわからない変なことを仰るので、返事に困るのだけれど。

そうこうしているうちに小厨房長のレーニャさんとナタリーさんたちが残りのモルソを取りに来たので、その場はお開きになり、その他の砦長たちへの面通しは夕食の際に行うことになった。

◇◇◇

「うめぇっ！」

モルソの穀物詰めに豪快にかぶりついたヤニッシュさんが、噛み千切った肉をもりもりと咀嚼(そしゃく)する。片手には穀物酒が入った酒杯を持ち、これまた豪快に飲み干した。

「こいつ小せぇくせに食いごたえある肉してんな！」

「見るからにまるまると太っていましたからね」

ヤニッシュさんに続き、ユグロッシュ砦長ギリルさんがモルソのスープを飲んで至福そうな溜め息をつく。モルソを捌いている時には少し引き気味だったギリルさんも、魔物食にはあまり抵抗がない部類の人だった。

「ちょっと、ヤニッシュ。もう少し上品に食べられないんですか」

「あ？　うるせぇよ、パトリス。お前こそちまちま食べてせっかくの料理が台無しだぜ」

「別にちまちま食べているわけではありませんよ。魔力が抜けた魔獣の肉というものを知り尽くしたいと思っているだけです」

ヤニッシュさんの隣にはガルバース砦長パトリスさんが座っていた。パトリスさんは魔法師長のオディロンさんと旧知の仲らしく、魔獣の肉に対する興味が尽きないらしい。

レーニャさんを中心に厨房の料理人たちが腕を振るってくれた結果、モルソの穀物詰めを窯焼きにした料理と、モルソのぶつ切りと野菜を煮込んだ具沢山のスープが出来上がった。モルソの穀物詰めは表面がこんがりといい色に焼けていて、中はモルソの肉汁と野菜の汁を吸った穀物がふんわりと蒸し上がっている。

私はモルソの穀物詰めを切り分けると肉と穀物を一緒に口にした。

（野菜をすり潰してラーズと混ぜるなんて、さすがはレーニャさん）

中身に山羊のラーズを入れたものは、とろりとしたラーズと穀物が絶妙な風味を生み出していてとても深い味わいだ。それに、モルソの肉がとても柔らかくなっていて噛むとジュワッと肉汁と脂が滲み出てくる。

（そうだ、今度魔法師の皆さんにモルソで魔力抜きの練習をしてもらうのもいいかもしれない）

モルソは魔力量も少ないため、コツを摑めば私以外の人でも簡単に魔力を抜き出すことができそうだ。畑に湧いて出て来る害獣がこんなに美味しくなるのであれば、駆除も捗ることだろう。

（それにしても……美味しそう）

ふと見ると、目の前でヤニッシュさんが空になった酒杯におかわりを注いでいた。モルソの穀物詰めと穀物酒はとても相性がいいことはわかっているけれど、私は飲むわけにはいかない。

「お、姫さんも飲むのか？」

「い、いえ。とても美味しそうに見えて、つい」

私が思わずヤニッシュさんの酒杯を凝視してしまったせいで気を遣わせてしまったようだ。ヤニッシュさんが私に向かって酒杯を掲げてくる。本当は飲みたいけれど、今日の夕食は顔合わせを兼ねているので我慢だ。しかしそこで、私のことをよく理解してくれているアリスティード様がさりげなく新しい酒杯を差し出してくれた。

「メルフィ、我慢することはないぞ？」

「……ですが」

「モルソと穀物酒は最高の組み合わせなのだがな。だいたい俺たちが飲んでいいものを体裁だかなんだか知らんが我慢しなければならない慣習がおかしい。ここではくだらん貴族のあれこれなど捨てしまえ」

大きな酒杯なみなみと注がれた穀物酒に私は喉を鳴らす。アリスティード様やケイオスさん、それに私のお酒事情を知っているミュランさん、ゼフさん、アンブリーさんは私に向かって酒杯を掲げてくれた。

でも——

「閣下。貴方と伯爵家のご令嬢では事情が違います。そのようなことを勧めるとはいかがなものかと」

東エルゼニエ砦の砦長デュカスさんが、渋い顔をして私の方にギロリと視線を向ける。

「どんな事情だ、デュカス。お前はブランシュ隊の面々に女性は酒を飲んではならんと言えるのか？」

そう言って、アリスティード様が喉を鳴らして穀物酒を飲み干す。

「この過酷な領地で必要以上の我慢をする生活を押し付けてどうする。そもそもこの婚約は、俺の我儘(わがまま)を押し通して成り立っているのだぞ？　本来であれば然るべき期間を置いて進める手順も全てすっ飛ばしたからな。メルフィエラにはこれ以上負担をかけるつもりなどない」

「貴族のご令嬢には様々なしきたりがあることでしょう。女性の世界には閣下がご存じではない常識もあるかと」

「俺が貴族らしいことをほぼ放棄しているというのに、何故メルフィエラにだけそのような苦行を強いねばならんのだ。四代ほど公爵夫人がいない状況で今さら『しきたり』などくだらん」

デュカスさんの発言にアリスティード様が言い返す。確かに私はたいした準備もせずにあれよあれよという間に婚約者となった。でも、現時点で身支度が十分ではないとはいえ、マーシャルレイドではお父様が婚姻の準備を進めている。きっと来年の秋までには様々な物が運ばれてくることだろう。

アリスティード様に釘を刺されたデュカスさんが、まるで私を値踏みするかのように目を細める。

「私は何度となく申し上げていたはずです。貴方には歴代ガルブレイス公爵にはない特別な価値があるのだと」

「ただの魔力過多な魔眼持ちに特別な価値もクソもあるか。ガルブレイス公爵家に血の繋がりなどない」

「閣下、たとえ臣下に降ろうとも、貴方に尊き王族の血が流れている事実は事実なのです」

アリスティード様相手に臆することなく真っ直ぐな意見を述べることができるのは、デュカスさんが『砦長』という立場にあるからなのだろう。ガルブレイスには十二の砦があり、その砦と砦に隣接する町村を各砦長が治めている。砦長にはある程度の自治権が認められており、いわば『村長』や『町長』のような役割を果たしているそうだ。

ずっと視線を感じるものの私を蔑むような雰囲気は感じられないので、デュカスさんの言いたいことがいまいちよくわからない。私は気にしないふりをしながら、今この場で苦言を呈する真意を摑もうと一生懸命に考える。

「ほう……俺を王族というか。そしてお前は、メルフィエラが俺に相応しくないと？」

ゾクッとするような魔力を感じてアリスティード様を見ると、魔眼が金色に輝いていた。身体からゆらゆらと金色の魔力が立ちのぼり、それに気づいた周りの騎士たちが何事かと振り返る。でもケイオスさんや各砦長たちは動じることなくデュカスさんに注目し、ヤニッシュさんに至っては我関せずとおかわりのモルソに挑んでいた。

アリスティード様の威圧をものともせず、咳払い（せきばら）をしたデュカスさんが淡々と言葉を続ける。

「貴方様の血筋に相応しい家柄の者をと望むのは臣下として当然のことです。決して伯爵家のご令嬢をお側に置かれることを否定しているわけではありません。歴代公爵もそうなされておられましたのですから。正式に公爵夫人をお立てにならなければ、余計な問題も起こりますまい」

（ああ、そういうことでしたか）

私はようやくデュカスさんの言いたいことにピンときて、なるほどと納得した。デュカスさんは私が『正式な公爵夫人』になることに懸念を示しているのだ。

（私が公爵夫人でなければそれでいいと）

確かに、王弟であるアリスティード様と釣り合うのは、同じ公爵家か侯爵家出身の令嬢である。ひと昔前であれば、伯爵家出身の私は公爵家か侯爵家の養子となって嫁ぐ必要があった。これはラングディアス王国の古い慣わしだ。十七年前の大惨事を機にそういった古い慣習は廃れてきたとはいえ、家柄の格差問題は地方ではまだ根強く残っている。つまるところデュカスさんは、家柄も持参金も期待できない以上、私に『愛妾』の位置に就いてほしいと考えているようだった。

「ただでさえ貴族の間での評価が地を這うように低い我が主君の心配をして何が悪いというのです。ご令嬢の評判は私ですら聞き及んでおります故、閣下には賢明なご判断をしていただきたく」

「デュカス、貴様……」

唸るような低い声を上げたアリスティード様が、ガタンと音を鳴らして席を立つ。金色の魔力のゆらめきが濃くなり、さすがのケイオスさんも慌てて口を挟んだ。

「デュカス砦長、口を慎みなさい！　メルフィエラ様、無思慮な臣下が大変失礼なことを」

私は間髪を容れず謝罪するケイオスさんに向かって横に首を振ったけれど、アリスティード様はデュカスさんを魔眼で睨みつけたままで拳を握りしめている。

「メルフィ、すまない。十分な理解を得られなかった俺の落ち度だ。不快な思いをさせてしまった」

低い声はそのままで、アリスティード様の魔眼は金色に輝き、今にも何かの魔法が発動しそうなほど魔力が膨れ上がっていた。流石に面と向かって苦言を呈されるとは思わなかったけれど、私としてはしっかりはっきり言ってもらえる方がありがたい。いわゆる『腹の探り合い』は苦手なので、あれこれ推測しなくていいだけ楽である。

「大丈夫です。私が貴族の令嬢として少しばかり規格外なのは本当のことですし、心配するのもよくわかります」

「だが、お前を、貶める発言だと」

「悪評があるのも事実ですから、そう考えるのは自然なことです。ですが、私にもお伝えしたいことがありますので少しだけお話をさせてくださいませんか？」

私はアリスティード様の腕に手を置くと、心を落ち着けるために深く息を吸い込んだ。本当は心臓の音がうるさいくらいに鳴っていて、少しでも気を抜いたら声が震えそうになるくらい緊張している。だけれど、これは私の試練でもある。ここで何も言えないままでは、私の研究を皆に受け入れてもらえるわけがない。この研究を使って領民たちの暮らしを豊かにするためには。アリスティード様の隣に並び立つためには。

アリスティード様が腰を下ろし、フーッと長い息を吐く。私を見るその目はまだ金色だけれど、周りを威圧していた魔力が解けた。

「……わかった」

「ありがとうございます、アリスティード様」

私は意を決すると、軽く会釈してから話し始めた。

「お食事中失礼いたします。私の噂話をご存じのようですが、先ほどご覧になった私の研究の成果がこちらの料理です。もちろん安全ですすし、公爵様もご承知のことです。私は、自領の食糧難を解決すべく研究を続けてきました。そしてその研究が公爵様のお役に立てるのならば本望だとお伝えしました」

私はここに贅沢（ぜいたく）をしに来たわけではない。直接私に聞き辛いことも、敢えてこちらから話してしまうことにする。

「し、しかしながら、ガルブレイス公爵家は特殊とはいえ、閣下自身は高貴なる血脈の御方」

まさか直接言い返されると思っていなかったのか、デュカスさんは少し面食らったように言い返してくる。アリスティード様が王家の直系で最も高貴な血筋だということは、ここに向かっている最中――ドラゴンの背中の上でお聞きしたことだ。血筋目当てではないと、どうやって説明しよう。

「私はそのことを婚約した後にお聞きしました。とても驚きましたけれど、この婚約は国王陛下が承認なされた正式なものなのです」

私の言葉に、ケイオスさんが「このば閣下」と小さく呟いて、何故かミュランさんとゼフさんがゴホッと咳（せ）き込む。

「私の社交界での評判はともかく、公爵様の酷い噂については悔しく思います。私は公爵様や騎士たちが担う責務が尊いものだと、強く感じていますから。領民からこれほど慕われる主君なのですもの。ガルブレイスを悪く言う人たちに、今すぐにでもここの現実を見てもらいたいくらいです」

歴代ガルブレイス公爵が、その騎士たちが、一丸となってやってきたことを敬意を持って評したい。ヤニッシュさんがモルソにかぶりついたまま目を細め、何か眩（まぶ）しいもののようにして私を見ている。成り行きを見守っているミュランさんやゼフさんたちは、目配せを交わして私に向かって親指を立ててきた。

一方で、リエベール砦長のザカリーさんやガルバース砦長のパトリスさんは静観しているようだ。私の言葉の意味をはかりかねているのだろう。残るユグロッシュ砦長のギリルさんは、モルソのスープを飲みながらも私に注目してくれている。

「私は早くに母を亡くしました。マーシャルレイドはご存じのとおり厳しい環境の土地で贅沢などはもってのほかですし、身につけるものは相手に失礼にならない程度のものでいいと思い、貴族としての研鑽はそこそこにひたすら研究に没頭してきました。公爵様は社交界にはほとんど出ることはないとお聞きしております。あの、その、それでも社交を頑張ってくださいと言われれば、頑張ってみようとは思います」

渋い顔のデュカスさんが、私の話を聞いてさらに渋い顔になる。私は研究以外、貴族として誇れるものはほとんど持ち得ていないので、社交界では役に立てそうにはない。爵位を持つ者が社交界が始まると王都で過ごすのは、王国議会に出席するためだ。でも、アリスティード様は担う責務の特殊性から王国議会にご出席することは稀だという。夫人や使用人を伴って王都で過ごすにはとにかく費用がかかるし、貴婦人たちの茶話会や夜会は装いから食事までとても洗練されているためこれまた莫大な費用がかかる。貴族社会はなにかと入り用なのだ。

「ですが私は、研究が世に認められてガルブレイスが、国が豊かになることを望みます。得られた利益は領民のために。貴族としての体裁を保つよりも、王都で華々しい生活をするよりも、とても大切なことだと思うからです」

　創意工夫を凝らした茶話会、品種改良された高価な花々、希少な宝石を使った装飾品、風光明媚(ふうこうめいび)な場所に建てた別荘、一流の仕立屋に作らせたドレス、異国の珍しい菓子に、流行りの役者が演じる新作の歌劇。そんなものに使うお金があるのなら、城壁の補修や武器の充実をはかる方がよほど領地のためになる。

「私の故郷マーシャルレイドは北の国境を護らなければならない領地です。山脈があるため冬の寒さも厳しく、質実剛健な土地柄でしたので、領民共々倹(つま)しい生活を送っておりました」

　王都と領地を行ったり来たりするだけでもお金がかかる。私は社交界に興味はなくて領地で研究している方がよかったから、流行のドレスや宝飾品を見繕うよりも魔法道具屋で掘り出し物を漁る方が性に合っていた。魔物を安全に食べられるように研究を続けるのだって、領民の生活を豊かにするためなのだから贅沢なんてもってのほかだ。

　これまでの生活を思い出しながらひと言ひと言考えて話していると、太腿(ふともも)の上で握りしめていた手を突然ギュッと握られた。見ると、アリスティード様の左手が私の手に重ねられている。大きくて、温かくて、護るように包み込んでくれるアリスティード様の手に、私は勇気づけられる。

「メルフィ、実はデュカスは俺がここへ来た頃のお目付役でな。貴族とはこうあるべきという理想が強い傾向にある。俺ですら何度となく叱られたくらいだぞ？　そして見た目どおり、真面目で誠実で部下から慕われてはいるが、いかんせん融通がきかん。なんだったか、マーシャルレイドの堅物騎士長並みに頭が固い」

隣を見ると、アリスティード様が少しだけ表情を緩めて私を見つめていた。金色だった目も落ち着き、いつもの琥珀色に戻っている。なるほど、クロード騎士長並みに真面目であれば、私に臆することなく質問してくるのも当たり前だ。

私の説明にどんなことを感じたのか、眉の間に深い溝ができたデュカスさんの顔からは何もわからない。けれど、アリスティード様が仰るように真面目で誠実で、部下から慕われているのであれば、きちんと納得してもらえたら心強い味方になる。

私はアリスティード様の手を握り返して真っ直ぐ前を見る。

「私という不安要素が公爵様の評判にどのような影響をもたらすのか心配ですよね？　確かに自分たちの主君にはいつも素敵でいてほしいですし、公爵様の武勇や格好良い姿を知らしめたいという気持ちはよくわかります。私も間近で『首落とし』を見ることができてとても感動しました。見惚(みと)れるなと言われても無理ですよね。とても素敵なのですから」

微妙に視線を逸らしていたデュカスさんが、「え？」というように目を見開く。ヤニッシュさんが口を押さえて笑いを堪えているように見えるのは何故なのか。ザカリーさんもギリルさんも、それぞれが微妙な顔になる中、アリスティード様の剣技に見惚れた仲間のミュランさんだけは、モルソを咀嚼しながらうんうんと頷いている。

「私は、ガルブレイスにはガルブレイスのやり方があるのだと思っています。デュカスさんが公爵様のことをとても深く敬愛されていることはよくわかりました。不安ですよね。素性もよくわからない、変な噂がある曰く付きの令嬢がいきなり自分たちの主君の婚約者だなんて」

「そ、そのような、ことは」

これはデュカスさんだけではなく、多分他の砦長も少なからず思っていることだろう。どこかマーシャルレイドの騎士長クロードに似ているデュカスさんは、それが顕著なだけで。

アリスティード様が妻問いに来てくださった日、私の研究を利用するための婚約だと苦言を呈してきたクロードのように、デュカスさんも私が何か企んでいるのではと危惧していることは間違いない。そうではないのだと理解してもらうためには、言葉だけでは駄目だ。私がガルブレイスにとって有益であることを、実際に見てもらわなくては。

私はデュカスさんだけではなく、私に注目する皆をゆっくりと見回して、アリスティード様の手をもう一度ギュッと握ってから放す。それから席を立つと、ピンと姿勢を正した。


「私は、魔物を食べる『悪食令嬢』です」


アリスティード様に会う前はそう呼ばれることが嫌だったけれど、今はそうでもない。自分の気持ちの持ちようなのだろうけれど、私の悪食が誰かのためになるのなら、悪食令嬢だって可愛い二つ名だと思えてくるから不思議だ。

「魔物になったり生き血を啜ったりはしませんが、魔物を安全に美味しくいただくためにずっと研究を続けてきました。棄てることしかできなかったものが美味しくいただけるなんて、素敵なことだと思えませんか？」

デュカスさんは食べていないけれど、その他の人は皆モルソを口にしている。周りの騎士の皆さんも魔物食には抵抗がないようで、もりもりとたいらげていた。

「私は、公爵様のためにその研究を使いたいと強く願いました。だからお願いします。私が公爵様やガルブレイスのために役に立つのかどうか、是非その目で確かめてください」

精一杯貴族の令嬢らしく見えるように、私はアリスティード様の手を放すと、立ち上がって背筋を伸ばしたまま腰を深く沈めた。淑女の礼は優雅だけれど、見えないところで筋肉に力を込めて踏ん張っていないと綺麗には見えない。いくら脚の筋肉がプルプルと震えていても、澄ました顔で我慢するのもまた淑女の努めなのだ。

ハッとしたようにガタガタと音を鳴らしながら立ち上がった砦長たちも、騎士の礼の姿勢になる。

「メルフィエラ、部下が失礼をしてすまない」

アリスティード様から謝罪され手を取られた私は、姿勢を戻してから促されるままにまた席に座った。砦長たちを立たせたまま、アリスティード様が話を続ける。

「本来ならば、お前はこうして臣下と食卓を囲むことも気安く話しかけることもできない高貴な身分だというのに、それを受け入れてくれた心の広さに感謝する。そもそも主君たる俺が貴族としてあまり褒められたものではない行いなのだ。お前だけに貴族の淑女たれ、努力せよとは口が裂けても言えん。侍女の一人も付けてやれない場所によくぞ一人で来てくれた、メルフィエラ」

「いいえ、アリスティード様。私はガルブレイスの雰囲気をとても心地よく感じています。まるでひとつの大きな家族のようで、私も早くその一員になりたいと心から思います」

「ありがとう、メルフィエラ」

アリスティード様が、私の右手の甲にそのまま唇で軽く触れる。それからサッと手を振ると、砦長たちがようやく席に戻った。

「というわけだ。いいか、お前たち。メルフィはただ着飾って笑っているだけのお飾りの妻ではない。俺の在り方を受け入れ、俺の考えに寄り添ってくれる貴重な存在だ。それに、やろうと思えば国を滅ぼすこともできる一流の魔法師でもある。次の討伐遠征では、その力の片鱗(へんりん)を見ることになるだろう。自分の見たものしか信じられんというのであればしかとその目で確かめよ」

ベルゲニオンを曇水晶の魔法陣で撃退したことや、狂化傾向にあった天狼を助けたことについて、アリスティード様は包み隠さず砦長たちに説明したようだった。砦長たちの顔つきが真剣なものに変わる。

「庭に設置されたあのとんでもない魔法陣をどう使いこなすのか、間近で見られるともあれば見ないわけにはいきませんよ」

そう言ったのは、パトリスさんだ。緑色が混ざったような金髪で、どことなく魔法師長のオディロンさんに似た彼は魔法師なのだそうだ。同じく魔法師のザカリーさんも同意するように頷いた。

「ユグロッシュ百足蟹（ひゃくそくがに）もモルソと同じように美味しいのであれば、まあ私としては反対する材料がありませんので」

今度の討伐遠征の作戦長だというギリルさんは、モルソ料理を気に入ったのか先ほどからずっと食べっぱなしだ。

「デュカスもいいな。では、皆席を立て」

アリスティード様が私に酒杯を渡してきた（男性用の大きな酒杯で、穀物酒がなみなみと注いである）ので、私は立ち上がって咄嗟（とっさ）に受け取る。先ほどデュカスさんから難色を示されたばかりなのに、どういうおつもりなのだろう。

見ると、砦長たちも再び立ち上がって酒杯を手にしていて、私はわけがわからず助けを求めて向かい側のケイオスさんを見た。

（飲んでもいいのでしょうか？）

（メルフィエラ様のための祝杯ですから存分にお楽しみください。ガルブレイス式の乾杯です）

私が飲み干す仕草をしながら口をパクパクさせて聞いてみると、ケイオスさんが酒杯を少し持ち上げてそう教えてくれた。なるほど、乾杯。それもガルブレイス式のやり方とは興味がある。

アリスティード様が酒杯を掲げる。

「今日この日、新たにガルブレイスの礎となる戦士の名はメルフィエラ」

アリスティード様のよく通る声に、ざわざわとしていた食堂が静まり返った。

「今ここに誓った新たなる同胞に祝福を。我と共に生きる同胞たちよ、乾杯！」

「乾杯！」

砦長たちだけではなくて、食堂にいた全員が酒杯を掲げていた。わっと響いた乾杯の声に、私はびっくりして首をすくめる。

「アリスティード様っ、こ、これはなんなのですか⁉」

「乾杯、メルフィエラ。前に行ったものはただの婚約者のお披露目だが、これはお前をガルブレイスで共に戦う言わば戦士として迎え入れるための儀式のようなものだ」

アリスティード様が、私の酒杯に自分の酒杯を打ちつけて音を鳴らし、ぐいっと飲み干す。

「わ、私が戦士ですか？　こんな細腕で」

「狂化したバックホーンを前に一歩も引かず、自ら囮を買って出るお前を戦士と呼ばずに何と呼ぶ？何も武器を持って戦う者だけが戦士ではない。ここではそれを支える者すべてが戦士なのだ」

そんなことを言われたのはもちろん初めてで、そのことが嬉しくて、私は鼻がツンとして目が潤んでしまったことをごまかすために、酒杯を一気にあおった。

「メルフィエラ様、相変わらずいい飲みっぷりですね！」

空になった酒杯に、ミュランさんがすかさずおかわりを注いでくれる。

「へぇ、姫さんは酒もいけるのか！　おい、樽持って来い、樽！」

「ヤニッシュさん、樽はさすがに」

「何言ってるんですか、メルフィエラ様。ガレオを潰したくせに」

「ゼフさんっ、それは秘密にしておいてください！」

ゼフさんからガレオさんとの飲み比べを暴露されて、私は恥ずかしさに顔が熱くなった。砦長の皆さんが口をあんぐりと開けて私を見ている。誰かが「まさかのガレオを凌ぐ酒豪」と呟き、ヤニッシュさんが大笑いをして男性用の大きな酒杯を持ってくる。

それからしばらく、モルソをつまみに飲み比べが始まってしまったのだけれど。わいわいと騒ぐ騎士たちの片隅で、デュカスさんがモルソの穀物詰めを食べていたのを、私は確かに見た。

# 第四章　いざ、ユグロッシュ塩湖へ出発

「よし、これで大丈夫！」

アリスティード様の要望でいつもはおろしている髪を、後ろでしっかりと三つ編みにする。鏡を確認した私は、襟を正して気合を入れるために両頬を軽く叩(たた)いた。

鏡に映る自分の姿はいつもと違ってキリッとしているように見える。それは着ている服のおかげでもあるのだけれど、似合っているのかどうか少し自信が持てない。

「あの……どうでしょう」

私は部屋の中で待機していたブランシュ隊長とリリアンさんを振り返る。

「よくお似合いだと思います」

そう言ってくれたブランシュ隊長も、今日はいつにも増して凜々(りり)しく格好いい。アリスティード様や騎竜部隊の騎士は黒を基調とした騎士服に身を包んでいるけれど、ブランシュ隊長たち女性騎士は、白を基調とした騎士服の両側に黒の切り替えが入っている。胸当てや肘当てなども白銀色で、ブランシュ隊長の見目麗しさも相まって貴公子のようだ。

「仕立て直しが間に合ってよかったです……けれど、汚れが目立ちそうですし、この裾のひらひらも必要あったのでしょうか？」

私はもう一度だけ鏡に映る自分の姿を見る。討伐に参加するのにドレスでは防御力がないからと、アリスティード様が私のために特別に騎士服を用意してくださった。女性騎士と同じように白を基調としているけれど、切り替えのところは私の目の色に合わせたような緑色だ。それに上衣の裾にも緑色のレースが縫い付けてある。動きやすさを重視したトラウザーズも白で、内腿やお尻を補強する厚手の布地はやっぱり緑色だった。

「姫様は可愛らしくなきゃ駄目なんです！　えっへへ、私と姫様がお揃いだなんて嬉しいな」

リリアンさんが仕上げにと、私の三つ編みの先に緑色のリボンをつけてくれた。実はこの騎士服、体型がほぼ同じということで、リリアンさんの新品の式典用騎士服を私に合わせて仕立て直したものだ。他の騎士たちよりも裾が長く、肩章や袖口の刺繍などがかなり凝っている。

アリスティード様は、「間に合わせですまない。討伐が終わったらお前専用の騎士服を仕立てに行こうな」と約束してくださったけれど、それならアリスティード様のように黒にしてもらいたかった。白はとにかく汚れが目立つし、そこら辺に寝転がることもできないのだもの。

（それにしても着心地がとてもいい）

私は腕をぐるぐると回したり、膝を折ってしゃがんだりして騎士服の動きやすさを実感する。肩や肘、膝といった関節のところに切れ込みが入っていて、可動域が広くとられていた。

腰に魔法道具入りの革の鞄が付いた革帯を締め、ルセーブル鍛冶工房の小型の剣を佩くと、見てくれだけはいっぱしの騎士……のように見えなくもない。

「さあ、姫様。参りましょうか」

「はい。ブランシュ隊長、よろしくお願いします」

「やった！　遠征遠征！　これも姫様のおかげです」

リリアンさんがはしゃいだ声を上げる。

まだ十五歳だからと討伐遠征に連れて行ってもらえなかったリリアンさんだけれど、今回初めて参加することが許されていた。名目は私の護衛なので討伐任務ではない。でも、その雰囲気を間近に感じることができると張り切っていた。

「リリアン、気を引き締めるんだよ」

「もちろんです、隊長！　何があっても姫様のお側を離れません！」

元気いっぱいのリリアンさんに、私も元気づけられる。今回ナタリーさんはお留守番で、代わりにサブリナさんというブランシュ隊の女性騎士が来ることになっていた（剣盾弓(けんたてゆみ)という勝負で勝った人らしい）。


準備を終えた私がブランシュ隊長から案内された場所は、シュティングルという四本脚の大きな鳥の飼育舎だった。移動手段として優秀なエルゼニエ大森林特有の魔鳥で、飛べない代わりに体力が無尽蔵で足も速いらしい。見た目は巨大な鳥だ。色は茶色と白の斑(まだら)模様で、太い脚には鋭い蹴(け)爪(づめ)が付いている。

（美味しい、のかしら？　でもガルブレイスの騎士が駆る騎鳥だから、グレッシェルドラゴンと同じで食べては駄目よね）

　魔物を見るとどうしてもそっちの方に意識が向いてしまいがちだけれど、ブランシュ隊長やリリアンさんにとっては信頼のおける相棒だ。すんでのところで言葉を飲み込んだ私は、これから狩りに行くユグロッシュ百足蟹（ひゃくそくがに）のことだけを考える。

「来たか、メルフィ……なっ、あ、いや、かわい」

　見送りに来てくれたアリスティード様が、私を見て挙げかけた手で慌てたように口を塞いだ。横にいたケイオスさんから突かれて、仕切り直したようにゴホンと咳払（せきばら）いをする。

「なかなかに可愛い、いや、勇ましいな。うむ、この間も思ったが三つ編みとやらも悪くない」

「おろしたままだと邪魔になりそうで。それに服も、汚してしまったらごめんなさい」

「心配はいらん。ブランシュたちも毎回ドロドロに汚すからな。ミッドレーグの洗濯部隊は腕のいい奴らばかりだ。どれだけ血で真っ赤に染めようとも新品のようにしてくれるぞ」

　ガルブレイスの騎士たちは、部隊ごとにざっくりと色が決められている。女性騎士隊はアリスティード様が創設した新しい部隊だ。私はブランシュ隊長に「何故白なのか」と聞いたところ、「白は人気がなかったのかどの部隊も使っていない色だったので」という単純な理由だった。どうせならば目立つようにしようと、試行錯誤して騎士服の型紙から作ったそうだ。

「空からはミュランたちを付ける。明日朝には着くだろうが……本当に俺と行かなくていいのか？」

心配そうな顔をしたアリスティード様に、私は強く頷いた。

アリスティード様たち討伐隊の本隊は、グレッシェルドラゴンや炎鷲といった空飛ぶ魔物に乗り、明日の夜明けと共にユグロッシュ塩湖に向けて出発する予定だ。私はブランシュ隊長たちと、支援物資などを運ぶ先発隊としてこれから現地に向かうのだ。

この間の砦長たちとの顔合わせで、アリスティード様は私のことを『戦士』と言ってくださったけれど、実際の討伐に参加できるだけの技量も経験もない。今回の私の役目は、炊き出し部隊の料理人ということになっていた。

「遊びに行くわけではありませんから。戦士の一員として皆さんに認められるように頑張ります」

「う……む、わかった。非戦闘員の身の安全は約束する、が、心配なものは心配だ。一日とはいえ野営もある」

アリスティード様がごそごそと鞄を漁り、何かキラキラしたものや札のようなものをたくさん取り出した。

「宝飾品？」

「結界石と護符、その他諸々だ。全部俺が作ったものだ」

鞄ごと渡された私は、中を覗き込む。結界石の首飾りだけで七つ、護符などは持ちきれないくらいあった。

「閣下、夜遅くまで何をしているかと思いきや」

ケイオスさんが呆れたような声を出す。

「し、仕事もついでに終わらせたぞ」

「ついで、ねぇ」

「煩い」

アリスティード様が作ったということは古代魔法語のものかと思いきや、使われている魔法言語は現代魔法であった。

「すまん、古代魔法の構築は時間がかかってな。現代魔法だが、効果は十分にある……と思う」

「すごく緻密な魔法ですね。この結界石もアリスティード様の魔力がたくさん込められていて、とても心地いいです」

特に琥珀色の結界石はアリスティード様の瞳の色のようだ。アリスティード様の魔力の色は金色だから、発動したらとても美しい金色に輝くのだろう。

「心地いい、のか？」

アリスティード様が目を丸くして私を見る。私は結界石と護符が入った鞄をギュッと胸に抱き締めてみた。目を閉じると、胸のあたりからじんわりと魔力が伝わってくる。アリスティード様が傍にいるように力強くて、とても安心できた。

「はい、とても。こんなにたくさんありがとうございます。大切に使わせていただきますね」

琥珀色の結界石の首飾りを取り出すと、すかさずブランシュ隊長が受け取って私の首に付けてくれる。私が微笑むと、アリスティード様はどこかホッとしたような顔をしていた。

その間にも、着々と準備は進んでいく。地走り竜と呼ばれる大蜥蜴（おおとかげ）のような魔物が荷物を積んだ貨車を引き、シュティングルにも装備が一式が取り付けられた。

先発隊は、後方支援を担っている。大工のような人や魔法師、鍛冶工房の人たちに医術師、料理人たちが集まった混成部隊で、もちろん騎士たちもいる。空を飛ぶ魔物や襲ってくる魔物対策のために、空からはミュランさんとアンブリー班の騎竜部隊の面々が警戒してくれるようだ。それに、料理人の中には小厨房長（しょうちゅうぼうちょう）のレーニャさんがいた。

「出発の時刻だな」

準備が整った頃合いを見計らい、アリスティード様が後方支援部隊長らしき人物に合図を送る。それから振り返って大股で近寄ってくると、私を懐に抱き抱えるようにして腕を回してきた。

「ブランシュ、リリアン、メルフィのことをくれぐれも頼んだぞ」

頼まれたブランシュ隊長とリリアンさんが、アリスティード様に向かって騎士の礼の姿勢になる。

「はっ、私のいのち……いえ、騎士の矜持（きょうじ）に賭けましても、姫様をお護りいたします」

ブランシュ隊長は、「命は賭けないで」という私の願いをアリスティード様から聞いていたのだろう。言い換えてくれたけれど、私を護るために身を擲（なげう）ちそうな気迫だ。

リリアンさんも、先ほどまでのはしゃぎっぷりはなりを潜めていて、キリリと真剣な顔つきになっている。私より五つ歳下だというのに、立派なガルブレイスの騎士だった。

（大丈夫。私は私で曇水晶の結界を持ってきているし、アリスティード様から結界石も護符もいただいたのだから。危険が迫った時は惜しみなく使わせてもらいます）

私が胸元の結界石をギュッと握ると、ほんのりと暖かくなったような気がした。でも、それよりなにより、アリスティード様が近すぎてドキドキしてしまう。

「また、明日な。メルフィ」

「はい！　現地にてお待ちしております」

「……やはり心配だ」

「本隊の指揮はアリスティード様がお執りになりませんと。そこに素人の私がいたら締まりがなくなってしまいます」

遊びに行くわけではないのだからこればかりは仕方がない。私には、これから料理人たちに交じって士気が上がるような美味しい野営食を作る仕事が待っているのだ。

アリスティード様が名残惜しげに抱擁を解く。ぽん、と軽く肩を叩かれた私は、アリスティード様を安心させたくて大きく頷いた。

「全員、騎乗せよ！」

一人では心許ないので最初はブランシュ隊長と二人乗りだ。部隊長の合図でシュティングルに乗せてもらった私は、アリスティード様に向けて小さく手を振る。アリスティード様も小さく手を挙げて、それからガルブレイスの主君らしく表情を引き締めて前を向いた。

いよいよ出発だ。

お母様との思い出の味、ユグロッシュ百足蟹。大型のものであれば二十フォルンもあるらしいけれど。

（私の記憶にある通り美味しいのか、確かめさせていただきます！）

◇◇◇

城塞都市ミッドレーグの城門を潜り抜けると、畑や牧場が広がっていた。どこの領地にもある風景だけれど、鳥避けの案山子が重装騎士の甲冑を模しているところがいかにもガルブレイスらしい。

（それにしても本物のような精巧さね）

と思っていたら、甲冑がこちらに向けて大きく手を振ってきた。魔法か何かで自動的に動いているのだろうか。ブランシュ隊長やリリアンさんが手を振り返していたので、私も皆を真似して手を振ってみる。すると、数体の甲冑が慌てたようにガチャガチャと音を鳴らしながら横一列になり、剣を捧げて騎士の礼をしてくれた。

なるほど、本物の騎士だった。よく見ると、農作業をする領民に交じってかなりの数の騎士たちがいるようだ。

「ブランシュ隊長、あちらの畑にいる騎士たちは魔物の襲撃を警戒して配置されているのですか？」

私は前に座るブランシュ隊長に問いかけた。

「はい。作物や家畜を狙ってやってくる魔物がいますので、一日中ああして警戒警らをしています」

「そういえば、ミッドレーグは人口が過密状態でしたね。食料の調達も大変でしょう」

「そうなんです。厄災の後、元々あった城壁内の牧場や畑を逃げ込んできた領民の居住地として開放しました。それでやむなく外壁地に畑を。城壁を広げるという案も出ているのですが、莫大（ばくだい）な費用がかかりますから」

ガルブレイスの食料事情は深刻だ。ガルバース山脈からの水の恵みもあり、主食となる穀物類はほぼ賄うことができている。一方で野菜や肉類などはといえば、自給率は半分で、残りは王領などで生産加工されたものを購入していると聞いていた。特に家畜は餌の調達もしなければならず成長も遅い。育ち上がるまでに、肉食性の魔獣の格好の餌として狙われているのだろう。

（私の魔物食研究が成功すれば、領地内で賄うことも可能になる……って、焦りは禁物ね。まだまだ始まったばかりだもの）

今はもう少し実績を積んで、認めてもらうことが先決だ。

ガルブレイスには魔物食を禁忌とする精霊信教の修道院はないのだという。ここの領民たちは、マーシャルレイドほど精霊を信仰しているわけではなさそうだ（というか精霊信教の祈りの言葉を口にする人には会っていない）。日々魔物と接している騎士に至っては、魔物食にさほど抵抗があるような雰囲気ではない。

　でも――ガルブレイスの領民たちには十七年前の厄災により、狂化した魔物に村や町を襲われて甚大な被害を受けた人も少なくないことを私は知ってしまった。魔物に傷つけられた人や家族や友人を襲われた人たちが私のやっていることをどう思うのか。今回のユグロッシュ百足蟹討伐遠征にはミッドレーグ以外の騎士たちも集まるから、その時になれば何かわかるかもしれない。

「姫様、かなりの速度を出しておりますが、お辛くはないですか？」

　黙り込んでしまった私を心配してか、ブランシュ隊長が半分振り向いて私を気遣ってくる。四本脚の魔鳥シュティングルは馬よりも足が速く、景色が飛ぶように通り過ぎていく。あっという間に畑を通り抜けて、丸太を地面に刺して造られた木杭の塀を越えてしまった。後ろからついて来ている地走り竜たちも、地面を滑るように走ってついて来る。

「いいえ、快適です！　マーシャルレイドでは軍馬にも乗っていましたから、私のことは気にしないでください」

「たくましいですね。ユグロッシュ砦までの道程はほぼ平坦ですが、いくつか丘を越えなければなりませんので何回か休憩を挟みます」

「えっと、だいじょう……」

「いいですか、姫様。我慢は駄目ですからね？」

「……はぁい」

すかさず念を押されてしまった。手のかかる子供ではないのだけれど、ブランシュ隊長からすれば子供と同じように思えるのかもしれない。既に天狼（てんろう）の治療の際に、没頭すると寝食を忘れてしまう姿を見られているので言い逃れはできない（手を離せない時もあるのだから我慢するのは慣れているのに）。育ち盛りの二児の母、侮れない。

ブランシュ隊長の言う通り、しばらくは平坦な道だった。舗装されている街道が終わると少し左右に揺れたけれど、それにより酔うこともなく進んで行く。

一回目の休憩時には、レーニャさんたちミッドレーグの厨房の料理人が事前に準備をしてくれていた昼食を食べた。丸いパンの中に蔓甘露（つるかんろ）を煮詰めたものが入っていて、すごく甘くて美味しい一品だった。甘味は貴重だから、討伐という過酷な任務に向かう人にだけ振る舞われるものらしく、いかつい部隊長や騎士たちも笑顔になっていた。

その際、リリアンさんがついうっかりスクリムウーウッドの果実を食べたことを話してしまい、甘味に目がない騎士たちに詰め寄られたけれど。以前、スクリムウーウッドを食べて体調不良になったミュランさんの、

「真っ黒に熟れたやつですよね？　採って来るので下処理してください！」

という懇願を皮切りに、他の騎士や料理人たちから食べてみたい魔物の注文が殺到した。

「自分はムードラーを食べ損ねてしまったので、是非」

「あっ、俺も俺も！　ミュラン隊長たちはいいよな、ロワイヤムードラーをたらふく食べたんですから」

「剣盾弓で文句なしって言ったじゃないか。でも新鮮なロワイヤムードラーは絶品だったなぁ」

「やっぱりずりぃ！」

「外壁地の畑にもモルソや縦縞(たてじま)ガーロイなどの害獣がやって来ますから、駆除がてら新しい料理を開発したいですね」

「もう、みんなお肉ばっかり。姫様、私は魔樹や魔草を中心にですね……」

皆それぞれ試してみたい魔物がいるようだ。こんな風におおっぴらに話したことがない私は、嬉しいやら困ったやら。こういう時はどうすればいいのか話し合っていなかったので、一旦保留するかたちで皆のお願いをまとめることにした。

「私は一向に構いませんので、後はアリスティード様がよいと仰ってくだされば」

と私が言えば、すかさずゼフさんが、

「閣下はメルフィエラ様に弱いから大丈夫ですよ。天狼が食ってしまったせいでこの間のバックホーンは無理だったけど、これでようやくアンダーブリックが食べられそうでよかったです」

と、こともなげに言ってのけた。

「弱い、でしょうか？」

「ガルブレイスで一番強いのはメルフィエラ様なんで。閣下なんてメルフィエラ様の『お願い』でイチコロですね」

　果たしてそうなのだろうか。ゼフさんの言っていることがピンとこず私が首を捻ると、周りの騎士や料理人たち、それから鍛冶師に大工まで、皆が皆、うんうんと納得したように頷く。

「閣下、必死ですもんね」

「必死だよな」

「でも笑顔が増えて眉間の皺は減りましたよね」

「毎日楽しそうにしておられるよね。最近なんか鼻歌交じりで魔獣を屠ってるし」

「ようやくご自分のことを考えられるようになられたんだなぁと思うと、感慨深いものがありますな」

　アリスティード様との付き合いが長いミュランさん、ゼフさん、アンブリーさんが、私に視線を向けてしみじみとし始める。

「そういえば毎日部屋で寝るようになりましたよね、閣下」

「毎日きちんと髭を剃るようにもなりましたよね」

「毎日野菜も残さず食べるようになられました！」

　ブランシュ隊長、リリアンさん、レーニャさんも、私を見つめてくる。皆から注目された私はどう返事をしていいのか戸惑った。

（毎日部屋で寝るって、まさかアリスティード様も床で寝落ち派だったのでしょうか）

アリスティード様は表情豊かで笑顔だって見せてくれるし、毎朝の挨拶の時からだいたい楽しそうにされているから、しみじみするようなことではないような。残念ながら鼻歌交じりで魔獣を相手にする姿を見ることはできないけれど、魔物のことになるとのめり込んでしまうとはアリスティード様自身が仰っていた。

それに、リッテルド砦では、アリスティード様はどこでも寝落ちする私のことを「普通ではない」と仰っていたような。お髭については、私はまだ生えているところを見たことがない。野菜についても、私の前では好き嫌いなく召し上がっておられたような（唯一の苦手なものは、酸っぱい『キャボ』の果実だったし）。

「えっと、それは全て、アリスティード様のことでしょうか？」

私の疑問に、話を聞いていた全員が「その通りです」と声をそろえた。どうやら、まだまだ私の知らないアリスティード様の姿があるらしい。これはもう少し打ち解ける努力をしなければ。公爵夫人の道のりは険しいようだ。

◇◇◇

時折、上空のミュランさんたちが周りに潜む魔物などを追い払ってくれたおかげか、二回の休憩を挟んだ部隊は順調に野営地へとたどり着いた。

ミッドレーグから南東方向にある丘陵地が今夜の寝床だ。

騎士たちが警戒する中、まず魔法師が防御の結界を張る。使われている魔法陣は現代魔法で、主に魔物避けを重ねがけしていた。それから地走り竜たちが引いて来た荷車から、大工が荷を降ろして天幕を張っていく。手際よく建っていく天幕は、秋の遊宴会で見た狩猟用のものだった。

私はレーニャさんたち料理人に交じって簡易のかまどを作り、野営糧食の準備を手伝った。

今夜の夕飯は、香辛料をたっぷりまぶした干し肉を使ったスープと、モニガル芋の粉を練って焼いた薄いパンだ。大きな鍋に水と細かく刻んだ干し肉と干した野菜を豪快に入れ、グツグツと煮込むだけの簡単なスープ。

「姫様、姫様。この干し肉、なんの肉だと思いますか？」

レーニャさんが見せてきた香辛料たっぷりの干し肉は、肉の繊維が縦に長くて鳥肉のように見える。思い当たる節がひとつしかなく、私はごくりと喉を鳴らす。

「まさか」

「そのまさかです。ベルゲニオンがたくさん獲れましたから、その一部を使ってお父さん……厨房長と一緒に開発したんです。その名も『特製ベルゲニオンの香辛料スープの素』と言いまして、お湯で戻すだけで身体が温まるスープができる優れものなんです！」

ミッドレーグの庭に大量に墜落してきたベルゲニオンを、食べきれないほど捌（さば）いたのはつい最近のことだ。

「あの、家畜のお肉は、その、やっぱり高くて、新しい料理を開発するぐらいなら、騎士の皆さんに食べてもらわなくちゃならなくて……そんな時に姫様が大量のベルゲニオンの肉を準備してくださって、これを使って新しい料理を作れるぞってお父さんも私も張り切ってしまって……その」

モジモジとして「美味しくできていればいいのですが」と不安そうにするレーニャさんを前に、私は少し呆けてしまった。この研究は、ひとりでやるしかないのだと、ずっとそうだったから。

「ひ、姫様？」

心配そうに私の顔を覗き込んで来たレーニャさんの手を、私は両手でギュッと握る。

「レーニャさん……私、その、すごく嬉しくて。魔物食は異端ですから。作る人がいて、食べてくれる人がいて、皆で美味しくいただけるって、今までなかったものですから」

レーニャさんは料理人だ。いわば、私と同じ『作る側』の人。初めて得た同志に、私の心は興奮に震えていた。


細かく刻んだ干しベルゲニオンと干し野菜、そして干しキノコのスープは、ピリッとした辛味でとても美味しかった。騎士の皆は平たいモニガル芋のパンをスープに浸して食べていたので、私も同じようにして熱いスープに硬く焼いたパンを砕いて浸す。

（なるほど。こうすればスープが程よく冷めて手早く食べられるものね）

パン自体に塩気があるから、スープの味が引き締まっている。さらに柔らかくなったパンは食べやすく、私はあっという間にするすると平らげてしまった。香辛料のおかげか、身体もポカポカと温かくなってくる。

「ふぅ……すごく美味しかったです」

最後の一雫まで飲み干した私は幸せの溜め息をもらす。皆が食べている様子を気にして見ていたレーニャさんが、私の言葉に照れたようなはにかみ顔になった。他の料理人たちも心なしかホッとしたような顔になっている（レーニャさんたちミッドレーグの料理人は、簡単に調理できて、かつ美味しく栄養価の高い食事の開発を永遠の課題にしているそうだ）。

「ねえ、レーニャ小厨房長。このベルゲニオンの干し肉って、そのままかじっても美味しいのかな？」

私と同じようにスープを飲み干したミュランさんが、レーニャさんの横にあったベルゲニオンの干し肉が詰まった革袋に目をとめる。

「食べられないこともないですけど、塩が利いてますよ？」

レーニャさんが干し肉の小さな欠片を取り出し、ミュランさんに手渡した。しげしげと眺めていたミュランさんが、おもむろに干し肉を引き裂いて口の中に放り込む。しばらくもごもごと口を動かしていたかと思ったら、レーニャさんに向かってにっこりといい笑顔を見せた。

「うん、結構塩が利いてる。だけどいっぱい歩いたり魔獣と戦って汗をかいたりした時の塩分補給に最適だと思うよ」

ロワイヤムードラーやザナスの時も思ったけれど、ミュランさんは魔物食に抵抗がないどころか進んで食べる傾向がある。私は魔物の下処理のやり方を知っているけれど、ミュランさんは違う。スクリムウーウッドの件もあるし、これまでにも残留魔力によって酷い目に遭ってきただろうに、未知なる食物にめげずに挑むその姿勢には感服するばかりだ。

「ずるいぞ、ミュラン」

「わ、私もそう思います！　ミュラン隊長ばっかりずるい。レーニャ、私もそれが食べたいです！」

それを見ていたゼフさんとリリアンさんも、すかさずレーニャさんから干し肉をわけてもらっていた。ゼフさんはそのままかじり、リリアンさんは香草茶を飲みながらかじり始めた。騎士は身体が資本なだけあって、精がつく食べ物――つまり肉を好んで食べる傾向にある。ゼフさんなんかはそれが顕著で、食わず嫌いをしなくなってきたとはいえ、野菜の青臭さに苦手な様子をみせていた。

「そういえばメルフィエラ様。ケイオス補佐が食べているスカッツビットの干し肉も、メルフィエラ様がお作りになったとお聞きしました」

ミュランさんに質問された私は首を傾げる。スカッツビットの干し肉は、秋の遊宴会の時にアリスティード様に差し上げたものしかなかったはずだ。ということは、ミュランさんもヤニッシュさんと同じくケイオスさんから分けてもらったのかもしれない。

「ええ、私が作りました。マーシャルレイドは寒冷地ですから、塩辛いものが好まれるのです」

「ケイオス補佐はけちなので、少ししかいただけなくて。もっとしっかりガッツリ食べられたらと思ってるんですよね。このベルゲニオンの干し肉もあんな風な味付けができるのですか？」

ミュランさんが残りの干し肉を火で炙(あぶ)り始めると、あたりに肉が焼ける香ばしい匂いが広がった。

「そうですね。ベルベルの木の実があればできなくはないかと。ただ、鳥肉と獣肉は質が違うので、ジェッツビットの肉だとうまくあの味を再現できると思います」

「ジェッツビットはそこら辺にいるから大丈夫ですが……ベルベルの木。ベルベルの木って、やっぱり魔樹ですよね？」

私はミュランさんにそうだと頷く。そうなのだ。ベルベルの木はマーシャルレイドなど北の地方でよく見かける水辺を好む魔樹なのだ。魔樹とあって、普通の樹木ではない。木なのに水を求めて歩くという習性があった。根は移動するためのもので、枝から生やした長細い葉から水を吸い上げるのだ。でも、歩くといっても十フォルン程度の距離をひと月くらいかけてじわじわと動くだけで、何か害があるわけではない。むしろその実は衣類の防虫剤として重宝されており、小さな黄色い実を乾燥させて粉にすると、食欲をそそる味と刺激の香辛料になるというわけだ。

「マーシャルレイドまでだと騎竜でも往復四日ですもんねぇ……それに向こうは冬だし。うーん」

悩みだしたミュランさんが、焼いた干し肉を咀嚼(そしゃく)する。「こいつはこいつで美味いからしばらくは我慢するか」と言っていたけれど、そんなに気に入ってくれたのであればガルブレイス産の魔物で再現できないか調べてみなければ。私がそんなことを考えていると、早寝の者が寝る時間になっていたようだ。皆が各々片付け始めたので、私も料理人たちと一緒に食器の片付けに入る。

「姫様、ここは私たちがやっておきますから、もうおやすみになられた方が」

慌てたようにレーニャさんが止めに来たけれど、私だって後方支援部隊の一員だ。出来ることは少ないけれど、特別扱いをしてほしいわけではない。

「甘やかしては私が成長できません。びしびし指導してください」

「そ、それは無理ですよぅ……ブランシュ隊長、隊長からも何か言ってください」

レーニャさんがブランシュ隊長に助けを求めるも、ブランシュ隊長は私の味方だった。

「姫様は閣下と、我々と共に生きることを決意なされておられます。よって、とんでもない無茶をなされない限り、私は姫様のお考えを否定しませんよ」

「ですがっ、高貴なるご身分の姫様が、私たちが食べたものの後片付けなんてっ」

「レーニャ、わかるでしょう。閣下も洗濯から料理の下拵えまでなさいます。それと同じです。受け入れ、諦めなさい」

「えぇぇ……姫様が閣下と同じ」

脱力し、妙な声を上げるレーニャさんを放置して、私は集めた器を桶に入れて洗っていく。洗い物は慣れているから、とりあえず邪魔にはなっていないようだ。こういう時に、自分のことは自分でやっておいてよかったと感じることができた。

「それだけじゃなくてね、ケイオス補佐は姫様と閣下のことを『類友』って評してたよ」

「え？　リリアン、る、るいともって何？」

「レーニャは知らないの？　類友っていうのは、とっても相性が良くてお互いなくてはならない存在で仲良しなことなんだって！」

「そうなの⁉　で、でもそれってとても素敵なことね！」

リリアンさんの説明に、私は思わずヒュッと息を飲んでしまい咽せた。相性が良いのはなんとなくわかるけれど。

（お互いなくてはならない存在、は少し違うと思いますがっ⁉）

抗議をしようとした私に、リリアンさんがキラキラとした笑みを向けてくる。すっかり信じ込んでいるレーニャさんもだけれど、どうやらリリアンさんもわかって言っているのではないらしい。

（訂正、すべきでしょうか）

とはいえ、ブランシュ隊長はニコニコとしているだけだし、純粋な年少組二人から根掘り葉掘り聞かれても私が困る（そもそもケイオスさんが何をもってして類友と評したのか私にはわからないので）。

「閣下って姫様と一緒にいる時はとーっても優しい顔で笑うよね」

「うんうん、わかるわかる！」

何やら別の方向へと話がズレている二人から離れるために、私は洗い終えた器と布巾を持ってそそくさとその場を立ち去ることにした。

アリスティード様とお互いなくてはならない存在になれるのならば、それは光栄なことだけれど、相当の努力が必要になることは間違いない。私はまだまだ。まだまだ学ぶべきことが山積みで、とてもではないけれど胸を張ってアリスティード様の隣に並べるような何かを成し得ていない。でも、

（本当の仲良し……になれたらいいな）

アリスティード様といると、すごく自然体でいられる。それに何より、話していてとても楽しい。もっとアリスティード様のことを知りたいと思うし、私のことを知ってほしいと思っている。ついひと月前までそんなことを考えたことすらなかったというのに私の欲は膨らむばかりだ。それがいいことなのか悪いことなのかよくわからないけれど、ガルブレイスでの日々を大切にしたいと思う気持ちは本物だと、今は無理矢理そう結論付けたのだった。

◇◇◇

翌朝、まだ陽が昇らないうちに天幕を片付けた私たちは、ユグロッシュ塩湖に向けて出発する。

朝食はアムシットと呼ばれる野菜やら穀物やら木の実を固めて焼いた乾燥パンだ。騎士たちは慣れた様子で、アムシットを香草茶で流し込むようにしてお腹におさめていく。私も皆を真似て食べたものの、水分がなければ食べにくく、美味しいとは言い難いものであった。軽くて小さいし栄養価が高いことだけは確かなので、遠征糧食には向いているのだろうけれど。

「よし、荷は全て積み終えたな？」

後方支援部隊の隊長さんが荷車をひとつひとつ確認していく。シュティングルも地走り竜もグレッシェルドラゴンも、十分な休息が取れたのか調子は良さそうだ。

朝の寒さを凌ぐために毛皮付きの外套を被り、ブランシュ隊長が操るシュティングルに乗って走ること三刻。東の空が白けて夜が明けた頃に、私たちは立派な角を生やした真っ黒な魔獣に出くわした。

（牛……にしては身体が細いような。背中にコブ？　馬に近い魔獣にも思えるし、でもそれならあの角は）

戦闘になると役に立つどころか足手まといになってしまう。私だけでもどこか迷惑にならない場所に逃げた方がいいのではないかと考えたけれど、砂埃をたてながら十頭ほどの群れで向かって来るその魔獣に対して、騎士たちは警戒する様子もない。上空のミュランさんたちも降りてこないし、ブランシュ隊長などは盛大に溜め息をついている。

「あの、あれは無害な魔獣なのですか？」

見たことのないその魔獣が気になった私は、ブランシュ隊長に聞いてみる。

「あれはガロットロックという魔獣です。背中にくっついているのは騎乗したうちの騎士たちなので、無害と言えば無害ですね」

背中のコブの正体が判別できるくらいに近くまで来たガロットロックは、普通の馬の倍はあろうかという太い脚をした曲がった角を生やした馬のような何かであった。毛並みがふさふさとしているのでかなり大きく見える。

そして背中のコブは、ブランシュ隊長が言ったとおり黒ずくめの騎士だった。コブに見えた理由は、その騎士たちも毛並みがふさふさしたような黒い外套を羽織っていたからだ。

もふもふのコブ……いや、騎士がもぞもぞと動き、外套から顔を出す。

「よぅ、姫さん！　あんまり遅いから迎えに来たぜ」

ひょっこり顔を見せたのは、なんとアザーロ砦長のヤニッシュさんだった。

「ヤニッシュ砦長、アザーロ砦の部隊の到着は今日の夕方ではありませんでしたか？」

「あー……そうだったか？」

後方支援部隊長に指摘されたヤニッシュさんは、ぽりぽりと頰を掻きながらとぼけたような顔になる。

「貴方がたが早すぎるんですよ。我々はきちんと時刻厳守で進行しておりますので。閣下たちの本隊も昼過ぎにしか来ませんが」

「細けぇこと言うなよ。この日が来るのが待ち遠しくてうっかりしてただけだっての。な、姫さん。俺の方は準備万端だ。ちゃっちゃと片付けて美味い蟹を食おうぜ！」

ヤニッシュさんの満面の笑みに、ブランシュ隊長が益々深い溜め息をつく。

「無事にユグロッシュ塩湖のほとりにたどり着いたと思ったら、朝っぱらからこれなんて……姫様、ガルブレイスの騎士はこんなのばかりではありませんからね？　なんかこう、血の気が多い奴らとか食欲旺盛な奴らとか自由奔放な奴らしか見ないかもしれませんがっ！」

「お前だって血の気が多くて自由奔放じゃねーか、ブランシュ」

「うるさいっ！」

ブランシュ隊長の嘆きをよそに、やる気に満ち溢(あふ)れたヤニッシュさんの豪快な笑い声が、ユグロッシュ塩湖のほとりに響き渡った。

◇◇◇

ユグロッシュ塩湖はまるで『海』のように広大な湖だった。

「うわぁ、すごいですね、姫様！　向こう岸が見えませんよ」

リリアンさんが歓声を上げる。私も目の前に広がる景色の美しさに、思わず口が開きそうになる。岸辺は白っぽく小さな丸みのある石が転がっていて、水の色も白と青を混ぜたような淡い色合いだ。しかし水深が深くなっていくにつれ、段々と濃い青に変わっていく。湖面に陽の光が反射してキラキラと輝き、とても幻想的だった。

「これが塩湖なのですね。山に近い場所にあるのに海のように塩辛い水だなんて、なんとも不思議です」

「この塩湖は春になると山脈から流れてくる雪解け水と混じり合い、海と似たような塩分濃度になるのです。だから様々な魚たちが棲息していて、非常に豊かな漁場になるのですよ」

そう説明してくれたブランシュ隊長が指し示した先には、漁師の船が幾つか浮いていた。ここからひとつ丘を越えた場所にはユグロッシュ砦があり、そこで栄えた町では漁業が盛んに行われているのだという。その豊かな漁場が繁殖し過ぎたユグロッシュ百足蟹によって荒らされていて、今回の大規模討伐が組まれた。

百足蟹は年に三、四回の脱皮を行い成長していく。その成長速度は恐ろしく速く、十年も経たずして十フォルン超えの百足蟹になるのだそうだ。


塩湖の岸辺の一画では着々と準備が進んでいた。岸辺から少し離れた場所に木の杭が打たれ、松明や簡易魔法灯などの照明具がいたるところに設置されている。ユグロッシュ百足蟹は夜行性なので、明かりを使って誘導するのだそうだ。準備をしているのは、ユグロッシュ砦長のギリルさんとその部下の騎士たちだ。彼らの騎士服は黒一色のミッドレーグの騎士たちとは違い、背中に黄色の線が入っていた。

「八番の列の杭をもう少し西方向にずらしてくれ。だいたい七フォルンくらい……もう少しずらして、よし、そこだ」

共鳴石を使って指示を出しているのはミュランさんだ。隙間なく連なるようにして打たれた木の杭は、百足蟹の進路を誘導するためのものと足止めするためのものに分かれている。

「ゼフ、そっちはどうだい？」

『概ね順調だ。でも昨年の産卵場跡が広範囲に広がっているからもう少し東側を補強した方がいいんじゃないか？』

「わかった、西側が終わったら確認に行く」

共鳴石とはとても便利だ。ミュランさんはゼフさんとやり取りしながら、大工たちと図面のようなものに杭の位置を書き記していく。私と一緒にその様子を見学していたブランシュ隊長が、色々なことを教えてくれた。

「百足蟹は冬の始まりの月のない夜に産卵します。水中では卵を狙う天敵もいるので、一斉に陸に上がってくるのですよ」

「そういえば今夜は月のない夜ですよね？　それで今夜決行だったのですね」

「はい、そうです。陽が落ちて二、三刻を過ぎたところで、まだ卵を産めない身体の小さな百足蟹たちが捕食されるために上がってきます。百足蟹も魔物ですが、陸で棲息する魔物にとってはごちそうですからね。西端に向かって打たれた杭は、百足蟹をわざと逃がして魔物が捕食しやすいように誘導するものです」

なるほど、卵を抱えている雌や産卵場を襲われては子孫を残すことができない。そこで仲間がわざと食べられに行った隙をついて、残ったものたちが安全に産卵するというわけだ。

私が子供の頃に食べたあの百足蟹も小さかった（百足蟹が二十フォルンまで成長するとは知らなかったので私はあれで成体だと思っていたけれど）。もしかしたら、捕食されるために陸に上がってきた個体だったのかもしれない。

「足止めした百足蟹は、大物のみを狙います。多分、夜十二刻を過ぎた頃から本番ですね。今回は七フォルン超えの百足蟹だけを片付ける算段です。魔物といえど塩湖の環境作りに必要ですから、共存共栄というところでしょうか」

そういえば、ガルブレイスでは増え過ぎたり人に危害を加えたりした魔物を中心に討伐するのだと聞いていた。魔物によっては有益性が高いものもいるし、エルゼニエ大森林の生態系は微妙な均衡により保たれているのだろう。

「ほら、姫様見てください！　あの鋼糸の網！　あれで大蟹の動きを封じるんです」

リリアンさんが興奮した様子で何かを指し示す。そこでは、ユグロッシュ砦長のギリルさんと十人くらいの騎士たちが、重そうな布のようなものを広げていた。時折虹色に輝いて見えるそれには、私も見覚えがあった。

「ああ、なるほど！　ガレオさんの鍛冶工房で見ました。あの特殊な網はこの日のためのものだったのですね」

お忍びで城下街に降りたとき、ガレオさんの工房でアリスティード様が話し合いをなされていたのがこの鋼糸網だった。

「百足蟹は体長五フォルンを超えてくると、顎やハサミがやけに頑丈になります。普通の鋼糸だと切り裂いてしまうのです。今回は先の調査により二十フォルン超えの百足蟹がかなりの数いるとわかっていましたので、ガレオが魔法師と相談して強化魔法をかけた鋼糸を編み込んだと言っていましたね」

幾つも用意されたルセーブル鍛冶工房特製の鋼糸の網は、その重さゆえに人の手では投げることができない。そこで使うのが空を飛ぶ魔物たちなのだそうだ。グレッシェルドラゴンは夜目が利くし力持ちだ（なにせロワイヤムードラーをたった二頭でマーシャルレイドまで運んできたのだし）。アリスティード様がグレッシェルドラゴンでこちらに向かっているのも、どうやらそのためだったらしい。

「さあ、私も仕事をしなくては」

ブランシュ隊長からひと通り説明を受けた私は、自分に与えられた役割を果たすことにした。

「では姫様、私はリリアンを連れてあちらに参加してきます。護衛にはサブリナが付きますので」

「それは頼もしいですね。でも、いざという時は結界石と護符もありますから心配しないでください」

私は首から下げた結界石を騎士服の上から押さえる。アリスティード様が私のために作ってくださった琥珀色の結界石は、ほんのり温かい魔力を放っている。

リリアンさんは私の護衛の他に、初めての討伐遠征ということで色々なことに参加することになっていた。ブランシュ隊長とリリアンさんがピシッと騎士の礼の姿勢になる。白い騎士服が陽の光に映え、二人ともとても凜々しく頼もしい。一方の私は、

（白いと汚れが目立つから前掛けをしないと）

アリスティード様は汚れても大丈夫だと仰ってくれたけれど気後れがする。そこで私は、なんとか汚さなくて済むように、頭からすっぽりと被れる茶色の前掛け（と呼ぶには何か違うような、手だけを出せる外套のようなもの）を借りたのだった。


それから二刻ほど経ち。私たち後方支援担当の部隊も、ユグロッシュ塩湖を見渡せる離れた位置に天幕を張り終え、準備が整いつつあった。医療用の天幕に武器庫のような天幕、それに魔法師たちの道具が置いてある天幕と様々な天幕がある。至るところで打ち合わせが行われており各々の役割を黙々とこなしていく。

私も料理部隊の一員として昼食の支度をしていたところ、北の空に黒い大群が現れた。統率が取れた動きのそれは、明らかにこちらを目指している。

「レーニャさん、あれはもしかして」

「はい、閣下たちの騎竜部隊です。姫様、こちらはもう大丈夫ですから、お出迎えを」

小厨房長のレーニャさんはそう言ってくれたけれど、私は根野菜を細かく刻んでいる最中で、まだまだ野菜はたっぷりとある。

「皆さんもお出迎えに行くのですか？」

「私たちは作業優先ですので、行くのは作業経過を報告する部隊長だけです。でも姫様は……」

　レーニャさんは気を遣ってくれているのか、もうすぐそこにまでやってきたドラゴンと私を交互に見る。先頭を行くのはアリスティード様のドラゴンで間違いない。けれど、

「これといって報告するようなことはないので、昼食の時でもいいかと」

「えぇっ」

「ほら、アリスティード様はお仕事がいっぱいありますし、なんといっても総指揮を執る立場ですから」

　うろうろまとわりつくと邪魔になることがわかっているので、私はレーニャさんの気遣いを断ることにした。刻み終えた根野菜を大きな籠に移し、また別の根野菜にとりかかる。

「気にしないでください。今は美味しい昼食をお届けすることが先決です。あ、ミュランさん！　少し伝言をお願いします」

　私はキョロキョロと何かを探しているようなミュランさんを見つけ、大声で呼び止める。

「ここにおられましたか、メルフィエラ様。まもなく閣下が到着しますので、迎えに参りました」

　なんと、ミュランさんまでもそんなことを。私は首を横に振ると、根野菜と小型の刃物をミュランさんに見せる。

「今は手が離せません。ですから、アリスティード様に『美味しい昼食をふるまうために頑張って

ます』とお伝えください」

残念ながら私は伝令蜂を持っていないので、こうやって言付けるしかない。しかしそれを聞いたミュランさんが微妙な顔をした。

「えぇ……メルフィエラ様、お出迎えに行かれないのですか？」

「自分の役割を優先的に、とはアリスティード様のご指示だと聞きました。わざわざ自分を出迎えるためだけに集まるのは労力の無駄だとか」

「まあ、それはそうなんですが」

「私もガルブレイスの戦士の一員ですから！　ふふふ、皆でひとつの目的を達成するまでの過程は楽しいですね。無事討伐が完了したら、アリスティード様にたくさんお話ししたいです」

私の様子を見ていたミュランさんが、「それも閣下に伝えておきます」と言って駆けて行ってしまった。皆、私に気を遣い過ぎだと思う。

「さあ、レーニャさん。ベルゲニオンのスープもアリスティード様には初お披露目となるのですから、気合を入れないと」

「そ、そうでした！　皆さん、気に入ってくれるといいのですけど」

途端に眉を寄せてそわそわし始めたレーニャさんだったけれど、その心配は無用だと思う。昨晩、あのスープを食べた人たちからは好評だったのだし、誰もベルゲニオンの肉だからと気にしてはいなかった。寛容なのか大雑把なのかわからないけれど、ガルブレイスの人たちの大半は、美味しければそれでよし！　な雰囲気はあると思う（好奇心が強いともいう）。

そうこうしているうちに、ドラゴンたちは騎士用の天幕の方に着陸した。ドラゴンは武器が入った木箱や騎獣用の魔物を運んできていて、あたりは一気に活気づく。私がいる後方支援の天幕からは少し離れているので会話は聞こえてこないけれど、雰囲気が引き締まるというか、いよいよ始まるという空気になったのが感じられた。

（夜が本番だから騎士たちは先に仮眠を取るって言っていたし、私も準備を始めなくては）

私には今回、通常の料理を作るほかに大切な役目がある。

『ユグロッシュ百足蟹を食用化すること』

それが、アリスティード様から特別に与えられた任務だ。そのための魔法道具は持ってきているし、小さめの百足蟹で問題なく魔力を吸い出すことができるのか試さなくてはならない。お母様との思い出の味を、皆さんと分かち合えたらどんなに素敵だろうか。もちろん、討伐は危険を伴うものなので、騎士たちが無事であることが前提になるのだけれど。

私は初めての討伐遠征に、高揚した気持ちを少し持て余したのだった。

◆　◆　◆

「あー……、残念ながら閣下。メルフィエラ様は来られておりません」

天幕の中で部隊長たちからの報告を受け終えた俺に、所在なげに立っていたミュランが話しかけてくる。他の部隊長たちは持ち場に戻って行ったというのに何故残っているのかと思いきや、そういうことか。

「何か問題でもあったのか？」

まさかデュカスのようにチクチク言う輩がいるだとか、メルフィエラが気後れするようなことがあったのだろうか。ミュランを手招きで呼び寄せた俺は、座るように促す。しかしミュランはそれを断り、意を決したような顔をした。

「僭越ながら、メルフィエラ様からの伝言を承りましたのでお伝えいたします！　まず、『美味しい昼食をふるまうために頑張ってます』だそうです。すごく可愛い笑顔付きでした！　あと、『無事討伐が完了したら、アリスティード様にたくさんお話したいです』と。これも眩しいくらいの笑顔付きでした！」

俺の背後で聞いていたケイオスが、「ブフッ」と妙な声を漏らす。かくいう俺も、メルフィエラの声真似をした（らしい）ミュランを前に脱力した。

「その変な声はやめろ。メルフィがそう言っていたのか？」

「はい。皆でひとつの目的を達成するための過程が楽しいのだそうです。昨晩の野営の際も、皆で和気あいあいと過ごしました。それに、立派に己の役割をこなしておいでです。率先してレーニャたち料理人と同じことをされていました」

「そうか。ならば、俺が邪魔をするわけにはいかんな。まったく、俺の婚約者殿は頼もしいにも程がある」

気負い過ぎる面があるとはいえ、ガルブレイスに馴染むために努力をするメルフィエラをどうして止めることができよう。コホンと咳払いしたケイオス（どうやら笑いを堪えていたらしい）が、ミュランに質問する。

「メルフィエラ様は後方支援部隊のところですか？」

「ええ。何やら茶色の外套を頭からすっぽり被って根野菜をみじん切りにしていましたよ。白い騎士服が汚れることを気にしておられるようでした」

「まあ、白はそうなりますよね。これを機にメルフィエラ様専用の騎士服を準備した方が良さそうではありますね」

「でも、あの白さがメルフィエラ様らしいと思うのですが……あ、いや、閣下。変な意味はないですからね、魔眼、魔眼はやめてください」

顔を背けたミュランが、慌てた声で「では自分は持ち場に戻ります！」と叫ぶと転がるようにして天幕を出て行った。伝言を受けたからとはいえ、メルフィエラの可愛い笑顔と眩しいくらいの笑顔を見たというミュランに対し、何やらもやもやとしたものを感じた俺は、無意識のうちに魔眼を発動させていたらしい。

（まだまだ俺も修業が足りないな）

「閣下……そんなに寂しそうな顔をしなくても。気になるならこっそり見に行けばいいじゃないですか。我慢はよくありませんよ」

ケイオスを見れば、あきれたような半眼になっている。

「煩い。別に寂しいだとか、我慢しているわけではない」

そうは言ったものの、昼食時にも一瞬しかその姿を見せてくれなかったメルフィエラに対し「寂しい」と感じたのは、口が裂けてもケイオスには言わん。

# 第五章　ユグロッシュ百足蟹討伐大作戦

陽が沈んだ直後。

まだ少し明るさが残る空の下、ガルブレイスの騎士たちはこれから始まる魔物との戦いを前に準備に余念がなかった。

「姫様、絶対に結界から出ないでくださいね！」

凜々しく武装したリリアンさんから念を押された私は、その気迫に大きく何度も頷いた。そして安心させるためにアリスティード様からいただいた結界石の首飾りを見せる。

「うっ」

「どうりで……姫様から閣下の濃い魔力の気配がすると思いました」

すると、リリアンさんが短く呻き、ブランシュ隊長が私の胸元や手首を見て少し引いたような顔になった。とにかく怪我をしないようにということで、私は『結界石の首飾り』の他にも『魔物避けの腕輪』『何かものすごい魔力が宿った指輪』『悪意あるものを跳ね除ける聖なる輝石の髪飾り』などを身に付けていた。付けられるだけ付けてみたのだけれど、少し付けすぎかもしれない。

「そんなにいっぱい身につけて大丈夫ですか？　逆に具合が悪くなりそうな感じです」

リリアンさんが私の中指に付けている指輪を見てブルッと身震いをする。身を守るためのものを身につけているというのに、何故か心配されてしまった。

「アリスティード様お手製ですからかけられた魔法はとても強いものですが、どれも心地よい魔力ですよ。おひとついかがですか？」

私は余っていた首飾りを二人に差し出す。しかし、二人とも首を横に振った。

「えっと、私は間に合ってます……うっ」

「姫様がここにいてくださるだけで強力な結界が維持できそうなので、それはそのままでよいかと」

どうやら結界石が苦手な様子のリリアンさんはともかく、ブランシュ隊長からもやんわり断られてしまった。押し付けはよくないので、私が革袋の中に仕舞おうとしたところ、

「お！　姫さん、いいもの持ってんな。ひとつくれよ」

背後から伸びてきた手が、結界石の首飾りをむんずと摑んだ。

「まあ、ヤニッシュさん。大変物々しい武器をお持ちですね」

振り返ると、そこには軽装のヤニッシュさんがいた。脚はガチッとした脛当てや腿当てで覆っているものの、上半身は必要最低限の防具しか付けていない。でも、隻眼を細めてニヤリと笑ったヤニッシュさんが腰に佩いている剣の数や、背中に背負っているものがすごかった。

「俺が狙う百足蟹は甲羅がクソほどに硬ぇからな。この斧が一番なんだよ」

背中の革帯を外したヤニッシュさんが、巨大な斧を両手で構えてみせる。

「ザリアン型の戦斧を扱えるなんてすごい！　あ、わかりました。戦斧が重いから軽装なんですね」

「よくわかったな。俺の腕力じゃ重装でこいつを振り回すのに向いてねぇんだ。この結界石があれば軽装でも多少の無茶もできそうだしな。貰っていくぜ」

ヤニッシュさんたちアザーロ砦の騎士は、騎士服の左袖に明るい紫色の布を巻いていた。与えられた役割は『遊撃』だという。その時々の状況を判断して自由に動くのだそうだ。

夜行性の騎獣ガロットロックに跨ったヤニッシュさんたちが行ってしまうと、ブランシュ隊長が続々集まって来ている魔物たちを警戒するように辺りを見回した。

「もうすぐですね。魔物たちが虎視眈々と狙っています」

私も同じように見回して、薄暗い中で遠巻きに塩湖を見ている魔物たちを確認した。いくら食べ放題だとはいえ、ここを目指してくるすべての魔物がユグロッシュ百足蟹を捕食するわけではない。魚介類よりも肉を好む魔物や、人の味を覚えてしまった魔物もいるわけで。

私たち後方支援部隊の天幕の周辺や、塩湖の岸辺から少し離れたところにも騎士たちが配置されている。百足蟹を討伐する騎士たちの他にそうした魔物を排除する役目を担っているのが、東エルゼニエ砦から遠征隊を組んでやって来た騎士たちだ。砦長のデュカスさんを筆頭に、東エルゼニエ砦の騎士たちは身体が大きく屈強な人たちが揃っている。身体くらいの大きさがある盾を持ち、塩湖に完全に背を向けるようにして並ぶ姿に圧倒される。

人の味を覚えた魔物は、また人を襲ってくる。これはどの肉食性の魔物にも言えることだ。魔物の同士討ちであれば手出しをする必要はないけれど、わざわざ人を狙ってくる魔物は絶対に仕留めなければならない。それが魔物を狩る者たちの最大の任務であり、ここガルブレイスでは徹底されているようだった。

そして、私の視線はある一点に止まった。最前線に立ち、接近戦を担うアリスティード様の直属部隊は、黒鉄の兜を被って完全武装をしている。アリスティード様は赤い布を巻いた投擲用の槍を何本も背負っていて、隣に立つケイオスさんは連射ができる弓を装備していた。

（やっぱりご挨拶した方がよかったのかしら）

昼食時は私の方が忙しくて、アリスティード様とは結局二言三言しか言葉を交わせなかった。私一人のために余計な気を遣ってほしくはなかったので、仮眠を取る際にも天幕には行かなかったのだけれど。

（い、今さら緊張してきてしまったみたい）

手に変な汗が滲んできたので、私は大きく深呼吸をすると共鳴石から聞こえてくる会話に耳を澄ませた。

後方支援の天幕には、大きな共鳴石と替えの武器が山ほど準備してある。そして医術班も待機している。前線の騎士たちへの武器の補充や、怪我人の救護も後方支援部隊の重要な役割だ。共鳴石を通じて要請が入れば出動することになっていた。

「皆さん、怪我のないように頑張ってくださいね」

色々な指示を拾う共鳴石に向かって、私はこっそりと囁く。ここにあるのは主に集音用で、こちら側の声は届かないはずなのだけれど……一瞬静かになって、アリスティード様の咳払いが聞こえたのはどういう理由なのだろうか。

その時、ポンッという音が鳴り、上空に小さな火の玉が上がった。星が見え始めた空が、魔法の明かりによって明るさを取り戻す。

「ひっ！」

よく見えるようになった景色に、リリアンさんが短い悲鳴を上げて私の腕に縋り付く。

岸辺にはすでにたくさんのユグロッシュ百足蟹がひしめき合っていた。大きさはさほどないとはいえ、五十フィムから八十フィムくらいはあるだろう。

魔法の光はすぐに消えてしまいまた真っ暗になってしまったけれど、あれだけの百足蟹の群れがすぐそこまでやって来ているのを見てしまうとそわそわと落ち着かなくなってくる。

「ブランシュ隊長ぉ、百足蟹ってえげつないくらい数がいるんですね」

「群れられると少し気持ち悪いけれどね。あれを退治してこその騎士だよ、リリアン」

「が、頑張ります」

リリアンさんには少々刺激が強かったらしい百足蟹の大群も、私には貴重な宝石のように思えた。いや、宝石には興味はないので、ここは高級食材というべきか。

「これだけ数がいれば……ああ、お腹いっぱいあの味を堪能できるなんて。贅沢です！」

討伐は夜通し続くので、先に百足蟹を二、三匹持って来てくれることになっている。私は踵を返すと、あらかじめ用意をしていた曇水晶と魔法陣を描いた油紙を広げ、軽食や飲み物を並べていたレーニャさんに合図を送った。

◆　◆　◆

完全に陽が落ちてから一刻ほど。

星が煌めく空を、騎士たちが乗ったグレッシェルドラゴンの影が舞い、真っ黒な湖面にさざ波が立ち不気味に揺れた。

「第一陣、来ました！」

ガシャガシャと無数の音が鳴り始め、岸辺があっという間に蠢く何かで足の踏み場もなくなった。まだ卵を産めない体長五十フィムほどのユグロッシュ百足蟹たちだ。無数の百足蟹たちは、打ち込んだ木の杭に沿って予定通りの場所まで移動していく。

そこに現れたのは額に第三の目を持つヤクールという中型の魔獣だ。狐に似たような姿形をしているが、とても獰猛な魔獣であり、群れで狩りをする。人里に近い場所に棲息していることから、家畜を狙ってくることもしばしばだ。

（そういえばメルフィもヤクールは厄介な害獣だと言っていたな）

何度か食べたものの、その肉は独特の臭みがあってお世辞にも美味しいとはいえなかったらしい

（ただし、冬毛はフカフカしているのでその毛皮は重宝しているとも言っていた）。

マーシャルレイドほどの寒さはないとはいえ、エルゼニエ大森林の秋の実りはほぼ食べ尽くされているこの時期。まもなく冬本番を迎えるガルブレイスでは、百足蟹の産卵がここら周辺の魔物たちにとって最後のご馳走の場になる。

「うーん」

「どうした、ケイオス」

百足蟹の流れをジッと見ていたケイオスが、珍しく唸り声を上げた。何か気になることでもあるのかと聞いてみたが、

「いえ。メルフィエラ様にお持ちするなら産卵直前の百足蟹の方がいいかと思いまして。それとも、まだ卵は産めないけれど栄養たっぷりの若い方がいいのでしょうか。食べ比べるのもありですよね、閣下」

なんとも暢気な発言に、俺は降ろした面鉄の隙間からケイオスを睨む。

「もう少し緊張感を持て。今回相手にするのは二十フォルン超えの百足蟹だぞ？　しかも複数匹確認されているとなると、夜明けまでに決着がつかんかもしれんというのに」

小さな百足蟹はこちらから手出しをしなければその爪や牙をこちらに向けてくることはない。しかしひとたび興奮させると、自分の進路を邪魔するものを徹底して排除してくる性質がある。今上がって来ているくらいのものであれば、足で踏み潰すことも可能であるが、五フォルンを超えてく

ると剣や槍の出番だ。その上となるともはや大剣や斧でしか貫通しなくなる。

大物は少なくとも二人一組になって挑むのが定石だ。俺たちの場合は、ケイオスが魔法の矢で足止めし、俺が大剣で百足蟹の心臓を貫いて仕留める。そのような手段を取らないと、百足蟹の長い身体の尻にある硬く鋭い毒の尾から逃れるのが難しいという理由があった。しかも、二十フォルン超えの百足蟹は心臓を二個持っている。ひとつ潰しただけでは死なないので非常に厄介なのだ。

「閣下は相変わらずド真面目ですね。魔物のことになると血が沸き立つのもわかりますけれど、もう少し抑えてくださいい。まあ、だからこそ我々は貴方に付き従うのですが」

ケイオスが面鉄を上げてこちらを見てくる。右目に魔法を展開させたケイオスが、木の杭を越えてこちらに向かって来た百足蟹を素早く蹴り上げた。爪を振り上げるいとますらなく、百足蟹が弧を描いて吹き飛んでいく。

「やはり五十フィムでは駄目ですね。こんなに脆弱(ぜいじゃく)では身も引き締まっておらず美味しくはないでしょう」

にっこりと笑うケイオスの目は本気の光を宿していた。

「お前、その目を見せるのはいつぶりだ？」

「さあ、覚えてませんね」

「そんなに食べたかったのか、蟹(かに)」

「ええ。それはもう、誰よりも楽しみにしておりました」

魔物とやり合うことで血が騒いだり、気分が昂揚したりすることは騎士として多々あることだ。俺もそれは認める。手強い相手をどうやってねじ伏せようかと考えている時は最高に興奮する（その状態になると大抵は魔眼が発動している）。

分析が得意で冷静なケイオスは、普段は俺が無茶をやらかさないように抑止する役目を担ってくれているが、根にあるのはガルブレイスの騎士の魂だ。右目に刻んだ魔法を発動させてしまうほどこの百足蟹を食べたかったとは。二十年ほどの付き合いではあるが知らなかった。

（まあ、メルフィの美味い飯が食えると思えばやる気も湧いてくるというものだな）

魔物を屠って終わりではなく、その後に楽しみがある。その楽しみをメルフィエラが与えてくれた。そう思うと足元の百足蟹が食材に見えてくる。俺は肩の力が抜けたような気がして、別の視点から百足蟹の群れを見た。

「お、あれなんかどうだ？　二フォルンには届かないが、卵っぽいものが見えるぞ？」

「大きさもちょうど良さそうですね。やっぱり生け捕りでしょうか？」

「生け捕りだろう。よっ……うむ。やはり卵だ。メルフィは喜んでくれるだろうか」

俺は一匹の百足蟹を槍で引っ掛けてその腹を見ると、青い卵を抱卵している個体であった。牙と毒の尾をカチカチと鳴らしてうるさいので、素手でバキリと折る。ケイオスも別の個体（多分、雄か卵を抱卵していないもの）を数匹獲り、同じようにして牙と尾を処理した。俺はここから離れることができないので、別の騎士に頼んでメルフィエラのところに持っていってもらうことにする。

そうこうしているうちに、魔法の照明が連続で打ち上がり始める。岸辺に上がってくる百足蟹の様子が変化して、爪を使って地面を掘り出した。

「そろそろ来るぞ、ケイオス」

「はい。準備は万端です」

俺は、弓を構え矢をつがえたケイオスに向かって頷くと、腰に佩いた大剣を抜き放った。

俺はガシャガシャと音を鳴らして蠢く小型のユグロッシュ百足蟹を足で蹴散らした。狙うは長い身体を持ち上げようとしている七フォルン超えの百足蟹。完全に身体が持ち上がり、その鋭い爪を振り下ろしてくる寸前に、素早く懐に入り込んで心臓部目掛けて槍で突く。

「はぁっ！」

刺さった槍を押し込むと、百足蟹は口から泡を吹きながら身体をくねらせて沈んでいった。

「閣下、接近し過ぎです！」

そう小言を言いながら矢を連射したケイオスにより、俺の左側にいた百足蟹の目が射抜かれる。痛みを感じているのかわからないが、百足蟹が青い血を撒き散らしながら身体を反らせて腹を見せた。

「いくら狙いを外さないようにとはいえ！」

ケイオスが再び矢を射り、目を失った百足蟹は心臓部を射抜かれて倒れた。外側の甲羅は硬いが、脚が生えている内側には比較的柔らかい部分と隙間がある。万能型のケイオスは弓士でもあるため、俺のように接近せずとも遠くから攻撃することが可能なのだ。しかも右目に展開させた風人特有の魔法により、その命中精度は恐ろしく正確だった。

「お前と違って弓は不得手でな！」

「何が不得手ですか。フドゥルの豪弓と呼ばれているくせに」

「俺のはただの力技だ。お前は正真正銘ヴァンの称号持ちだろうが。俺は接近戦の方が性に合っているのだ、仕方あるまいっ！」

仕留めた百足蟹から槍を引き抜いた俺は、いきなり足元からせり上がってきた百足蟹の首の付け根を、左手で抜いた大剣で力任せにぶった斬った。

「またそんな雑な……美味しそうな個体は生け捕りにしてくださいよ」

ケイオスの文句を無視し、俺は水中で不気味に光る青白い百足蟹の目の数を数える。小さな目に混じり、ひと際大きな目がゆっくりと横切っていく。目で見える範囲では騎士たちが苦戦している様子は窺えない。そこで俺は状況を把握することにした。

「各班長は順に状況を報告せよ！」

共鳴石で報告を仰ぐと、本隊のそれぞれの班長から続々と戦況が入ってくる。

『一番、セイレル班、人員異状なし！　現在三匹の百足蟹と交戦中』

『二番、アンブリー班、人員異状なし！　今からセイレル班と合流します』

『三番、ガノア班、一名軽傷、その他人員異状なし！　こちらはすでに五フォルン超えの百足蟹は見当たりません』

『四番……』

どうやら本隊にはまだまだ余力があるようだ。大きく崩れた班もなく、あらかた報告を聞き終えた俺はもう一度水面を見やった。

（ここらでは十五フォルン越えはだいたい十匹くらいか？　やはり今回は育ちがいいが……思ったより数が少ないな）

五フォルン超えの百足蟹が上陸し始めてから二刻は経過しただろうか。ある程度間引きながら百足蟹を屠ってきたが、そろそろ今回の討伐対象が姿を見せる頃合いなのだが。

「水中において、我々は断然不利ですね」

ケイオスが水中を悠々と泳ぐ百足蟹に何本か矢を射った。しかし、水の抵抗により百足蟹には届かなかったようだ。何事もなかったように通り過ぎていく光る目に向かい、ケイオスは忌々しそうに舌打ちをする。

「確かにな。だが潜るわけにもいくまい」

「しかし何故でしょう。私にはこいつらが何か別のものに警戒しているように思えるんですよね……あくまで私の勘ですが」

ケイオスが感じている違和感に、俺も同じように感じるものがあった。いつもであれば大物たちが産卵を始める頃だ。だが、今回は二十フォルン超えの百足蟹たちの様子がおかしく、なかなか上がって来ない。

（俺たちを警戒している風ではない……何だ、こいつらは何を警戒している？）

考えている最中にも、百足蟹たちは顎で、爪で、毒の尾で攻撃を仕掛けてくる。雑魚ばかり相手にしていても埒があかないので、騎士たちに休息を与えることにした。

「現時点で二十フォルン超えの百足蟹は確認できていない。本隊は交代で一旦引き上げる。一番から四番は各自必要な補給を行え。怪我人は治療を優先。ユグロッシュ砦、アザーロ砦、東エルゼニエ砦の者は各砦長の指示に従え」

照明灯が打ち上がり昼間のように明るくなった岸辺に、討伐班と入れ替わりで荷車を引いた処理班が入ってきた。仕留めた百足蟹たちの遺骸を、ユグロッシュ塩湖に集まってきた魔物たちが食べやすいように離れた場所に持っていくのだ。それでも全ての遺骸を処理できないので、残りは陽が昇ってから燃やさなければならない。

「ケイオス、俺の騎竜を連れて来てくれ」

「騎竜ですか？」

騎士たちに指令を出した俺は、後方支援部隊が待機する天幕まで戻るために引き上げていく騎士たちを見届けてから、ケイオスに騎竜を連れてくるように頼む。

「ああ、上から水面の様子を見て来ようと思ってな。ギリル、そちらの様子はどうだ？」

俺は共鳴石で産卵場の西端にいるユグロッシュ砦長のギリルを呼び出す。すぐに応えたギリルも、いつもと違う何かを感じている様子であった。

『ギリルです。大物と呼べる個体が予想より少な過ぎます』

「やはりか。それでどうだ、原因はわかりそうか？」

『まだ憶測の範囲ですが、他の産卵場を見つけたのではないかと思います。これから塩湖の南側の岸辺に調査隊を出そうかと』

「なるほどな。では俺が空から水面を見て来よう」

俺たちの話を聞いていたケイオスが一礼をしてから踵を返す。

木の杭に沿って移動していた小さな百足蟹たちは待ち構えていた魔物に捕食され、その魔物の数も満足したのか減ってきているようだ。魔物に関しては東エルゼニエ砦のデュカスたちに任せているが、鉄壁の防御陣は乱れていない。

しかし、このまま夜明けまで何もないということは考え難い。濡れた身体に夜風が当たれば体力も奪われる一方で、俺は暖を取りがてら、浅い場所を泳いでいる百足蟹たちを茹で上げてしまいたい衝動に駆られる。

（うむ、我慢だ。俺にも塩湖を沸騰させる火力はない、はずだ……いや、あるのか？　やったことはないが、ここから見える範囲であれば……やってみるか？）

などと不毛なことを考えていると、ギリルの慌てた声が聞こえてきた。

『至急伝令！　至急伝令！　西端から少し南、ユグロッシュ砦部隊、大百足蟹と会敵！　二十フォルン超えの数六匹、うち一匹は目測五十フォルン！　至急、応援を求む！　応援を求む！』

その報告を聞いた瞬間、俺の全身の毛がぶわりと逆立った。

（五十フォルンだと？　上等だ！）

ギリルの読みが当たったらしい。百足蟹にもある程度の知性があるのか、産卵場を大幅に変更してくるとは。

「本隊、転進せよ！　五番、六番、七番、余力はあるか？　このままお前たちにこの場を任せる！　俺は今からユグロッシュ砦部隊と共闘！　補給中の一番から四番、至急準備を整え騎獣で西端へ向かえ！　八番と九番は補給をしながら待機、状況に応じて任務を与える！」

走って行くには遠く、また余計な体力を奪われる。俺はケイオスを呼びつけた。

「ケイオス、騎竜で俺を拾え！」

『この間に引き続きまたですか!?』

「着地させるとそれだけ遅くなるだろうが！」

ぶつぶつと文句を言いながらも、ケイオスは絶妙な角度で俺の騎竜を滑空させてきた。竜笛を使っているのか、自分の騎竜も背後から連れて来ている。前回のように炎鷲（ほむらわし）から鷲摑みにされるわけではなく、今回は俺が騎竜の脚にしがみつくのだ。落ちたら怪我をするかもしれないが、落ちなければいい話なので問題はない。

『閣下、いきますよ！』

ケイオスが騎竜の角に付けた明かりを灯す。低い位置を俺目掛けて飛んできた騎竜の脚に手を伸ばした俺は、そのまま両手両脚でしがみつく。

「閣下、落ちてませんか⁉」

「落ちるか。このまま西端まで連れて行け。見えるぞ、あそこだ！」

暗い地上から上がる照明灯に照らされ、大百足蟹の不気味な姿が浮かび上がる。異様なほどに成長した五十フォルン超えの大百足蟹は、竜巻のように魔法で水を巻き上げながら応戦する騎士たち目掛けて爪を振り下ろしていた。

「な、なんですか、あの大きさは」

「わからんが、あれは逃げられる前にやらねばならん。心臓が二個以上ありそうだな……どうする、ケイオス？」

「どうするって、やるしかないじゃないですか！」

百足蟹の一個目の心臓は首のすぐ下にある。二個目は上から十八番目の脚が生えている部分だ。三個目、四個目ともなると見当がつかない。

俺は下を見回し、大百足蟹を相手にできるくらいの余力が残っていそうな騎士を探す。東エルゼニエ砦の騎士は無理だ。俺が呼んだ本隊もまだ到着していない。騎竜隊長のミュランはそもそもここにいない。疲弊しているわけではないが、それぞれの獲物にかかりきりだった。が、

（あれはガロットロックか？　識別光が紫色ということは、アザーロ砦の奴らか）

大型の凶馬ガロットロックに跨り岸辺を駆け回っていたのは、ヤニッシュ率いるアザーロ砦の遊撃部隊だ。俺は共鳴石を使ってヤニッシュを呼ぶ。

「ヤニッシュ、下の方の心臓は任せたぞ！」

『お！　閣下は空からですか……ってぇ、閣下、そもそもこいつ心臓何個持ってるんですか？』

「わからん、お前の勘でなんとかやれ！」

『了解了解ぃ！　おら、野郎どもっ、閣下の命令だ、殺るぞ！』

血の気が多いアザーロ砦の連中がガロットロックを一斉に大百足蟹に向かって走らせる。殺る気があるのはいいが、いざ戦闘になると我を忘れる輩ばかりだ。不安が残るが仕方ない。

「では、閣下。我々はどこら辺に降りますか？」

ケイオスの声に、俺は我に返った。

「そうだな……俺は一個目の心臓を取りに行きたいのだが。お前はあの目をどうにかしてくれ」

鋼糸の網が大百足蟹に向かって打ち込まれていたが、大百足蟹の水魔法に邪魔をされて届いていない。しかし、ヤニッシュたちとユグロッシュ砦の騎士たちは共に上手いこと大百足蟹の注意を引きつけてくれており、俺たちの動きには気付いていないようだ。

「よし、このまま奴の顎下ギリギリを突っ切れ」

「ちょっと、それでどうやって私があの蟹の目を潰すんですかっ！」

「なんだお前、あの蟹を食いたくないのか？」

「ええ、ええ……食べたいですよっ、今すぐにでも！」

「無茶苦茶だっ、補佐官なんて辞めてやる！」と嘆いたケイオスが、騎竜の背に張り付くような姿勢になって飛空速度を上げる。そのまま行けば確実に勘づかれその顎と爪の餌食になるところを、一緒に連れて来ていた自分の騎竜を大百足蟹の頭上で旋回させて気を散らさせる。

無茶な指示を出している自覚はあるが、ケイオスはできる男だ。俺の信頼を裏切ったことがないこの類い稀なる親友は、今回も上手くやってくれた。


「その心臓、もらったぁぁぁっ!!」


騎竜が百足蟹の顎下を通過する直前。俺は大剣を抜き放って騎竜から手を離すと、顎下の真ん中目掛けてそのままの勢いで飛び込む。殺るか殺られるかの瀬戸際であり、素早く呪文を唱えて大剣に白炎を纏わせた。

(手応えあった!!)

五十フォルン超えであっても、内側は他よりも柔らかくできているようだ。剣から硬い殻を貫く感覚が伝わってきて、俺は剣ごと腕を突っ込んで更に魔法の火力を上げる。蟹肉が焼ける香ばしい匂いがして俺はごくりと喉を鳴らす。

衝撃からか、痛さからか、熱さからか。大百足蟹が俺をぶら下げたまま暴れ出す。爪で喉下を掻(か)きむしるような動きをしたため、俺は一撃を食らう前に撤収することにした。

(水は冷たいが……仕方ない)

大剣は刺したままにしておき、剣の柄から手を離した俺はあっけなく水中に落下した。その途中で目の端に映ったのは、大百足蟹の目にドラゴンで食らいつくケイオスの姿だ。

(それにしても美味そうな匂いだったな)

どうやら蟹が焼ける匂いが鼻腔(びくう)に染み付いてしまったらしい。冷たい塩湖の底に沈みながら、俺は空腹を覚えたのだった。

◇◇◇

アリスティード様とケイオスさんから活きの良い百足蟹がたくさん届いた。届けてくれたのはすっかり魔物食に馴染(なじ)んだアンブリーさんとゼフさんだ。

「閣下たちが吟味した百足蟹っすからね。味は期待できそうですよ」

とゼフさんが説明したとおり、どの百足蟹も身体に厚みがあり、爪や脚も太くて栄養が行き渡っ

ていることがよくわかる。魔法灯の明かりに照らされた百足蟹の甲羅は、暗緑色でゴツゴツとしていた。目は蜘蛛のように無数についていて青白く光っている。

「それにしても大きいというか、長いというか。これは準備していたお鍋に入りそうにないですね」

頭から爪までのところで既に鍋からはみ出しそうだ。蟹の調理は旨味を閉じ込めるために丸ごと茹でるのが基本だ。百足蟹も同じ甲羅を持っているので、半分に切るのは駄目だろう。私が調理方法に悩んでいると、アンブリーさんが「それなら蒸し焼きにしたらいいですよ」と教えてくれた。

「蒸し焼き、ですか？」

「ええ。地面に穴を掘ってカジュロの葉を敷き詰めた上に獲物を置いて、真っ赤に焼けた石を入れるんです。石の熱でカジュロの葉から蒸気を出してまるっと蒸し焼き。これで調理した肉は旨味が凝縮されていて柔らかくて美味いですよ」

「それいいっすね、アンブリー班長。カジュロの葉ならそこら辺に生えてますんで、必要であれば後から持ってきますよ」

なるほど、百足蟹の蒸し焼き。それなら鍋がなくてもできそうだ。それに旨味が凝縮されるなんて最高でしかない。

「それではお願いします、ゼフさん。石の方は私が準備しますので」

「あ、そっちも大丈夫ですよ。石なら閣下が幾らでも灼いてくれますんで」

「まあ、アリスティード様が。それなら安心ですね！」

とは言ったものの、アリスティード様をあてにしすぎているのでは、と私は自問する。『首落とし』もそうだけれど、アリスティード様の高火力は本当に素晴らしい。あの白い炎で廃棄物を燃やし尽くしてくださるのもそうだ。

（私も練習すれば白い炎を使えるようになるのかしら？）

剣技は無理だけれど魔法ならなんとかなるかもしれない。炎の魔法を自由自在に使えるようになれば、アリスティード様に頼りっきりにならずにすむ。

（今度教わってみよう）

そう考えた私は、自分に与えられた役割の合間を縫って百足蟹の下処理を始めることにした。手伝ってくれるのは、リリアンさんと小厨房長（しょうちゅうぼうちょう）のレーニャさんだ。ゼフさんたちを見送った私は、早速二人を呼び寄せる。

「活きがよく身が引き締まってそうですね！」

やってきたレーニャさんが百足蟹を見て歓声を上げた。

どの百足蟹も鋭い毒の尾は切り落としてあるけれど、顎と爪はついたままだ。私はまず、挟まれないように爪をぐるぐると縄で縛ると、百足蟹を頭の後ろから摑んだ。百足蟹は内側に丸くなることはできても、背中側には丸まれない。しかも、顎はあっても毒の尾はないので、爪を封じれば安全に持つことができるのだ。

抵抗して長い身体をくねらせた百足蟹が、顎をカチカチと鳴らして威嚇する。ずしりと重く、身が詰まっていそうな予感に思わず笑顔になってしまう。私が幼い頃に食べた百足蟹よりも大きくとても食べ応えがありそうだ。

「姫様、こいつらまだ生きてますけど、このまま魔力を抜き出すんですか？」

「あー！　リリアン、これ卵じゃない？」

「本当だ！　百足蟹の卵ってこんな感じなのかぁ。初めて見た」

「卵も薄ら光ってるよ？　卵の時からやっぱり魔物なんだね。私が知ってる蟹とはちょっと違うみたいだけど、どんな味がするんだろう」

　リリアンさんが持ち上げた方の百足蟹は、なんと卵を抱えていた。産卵直前の個体だったらしい。レーニャさん曰く、「蟹の卵とはちょっと違う」ようだ。腹に抱えた涙型のたくさんの卵は房になっていて、その房は薄い膜に覆われている。そのどれもが半透明で真ん中が仄かに光っていた。蟹の卵は珍味だけれど、百足蟹の卵も美味しいのだろうか。

（殻は硬くないけれどこれも立派な卵よね？　どうしよう）

　リリアンさんとレーニャさんの期待が籠った眼差しに私は言葉が詰まる。食べたいのは山々だ。しかし、卵は駄目なのだ。好き嫌いではなく、もっと根本的な問題なのでどうしようもないのだけれど……。

「あの、リリアンさん、レーニャさん。その、卵は、もしかしたら無理かもしれません」

「姫様は卵が苦手なんですか？」

リリアンさんが意外だというような声を上げる。

「いいえ、私もすごく食べてみたいんです。でも、卵に内包された魔力を、殻を破らずに取り出す技術がなくて、申し訳ないのですが……」

そうなのだ。私は『卵』に関しては、まだきちんと攻略できていない。今の私では、殻に覆われている卵は殻を割らないと中の魔力を吸い出すことが難しい。卵という食材は、私が唯一下処理に失敗し続けているものだった。

「何か問題でもあるんですか？　魚卵よりも弾力がありますけど、この通り柔らかいみたいです」

レーニャさんが、ギチギチと動く百足蟹の腹から卵の房を引きちぎる。柔らかそうな見た目の卵は、見た目通り柔らかいようだ。卵を指先で摘んだレーニャさんがプニプニと卵を押し潰してみせた。

「それが……硬い殻も柔らかい殻も関係なく、卵の殻は生命を育むための最強の鎧なんです。外部からの魔法を受け付けないようでして」

私は油紙に描いた魔法陣を取り出すと、レーニャさんに卵を置くように指示する。それから曇水晶を手に集中して、いつにも増して気合を込めて呪文を唱えた。

『ルエ・リット・アルニエール・オ・ドナ・マギクス・バルミルエ・スティリス……』

私の魔力に反応した魔法陣が光を放ち始めるけれど、やはり殻が邪魔をしているのかいつものような手ごたえはない。

『イード・デルニア・オ・ドナ・マギクス・バルミルエ・スティリス』

私はこれでもかというくらいに卵に集中した。しかし内包された魔力は一向に殻から滲み出てくることはなく、魔力を吸い出すことはできそうにない。命を守るための卵の殻は、私の魔法程度ではびくともしないということなのだろう。

これまでも、卵に関してはさまざまな試行錯誤を凝らして魔力を吸い出そうと努力はしてきた。でもそれはことごとく失敗していて、卵を割って中身を出さなければ下処理ができないという結論が導き出されたのだ（ベルゲニオンも卵を抱えていた個体がいたけれど、そのせいで廃棄しなければならなかった、悔しい）。

「やっぱり駄目なようです」

何も変化のない卵を前に、私はガクッと膝をつく。

「悔しいですが……非常に、悔しいですが、私の負けです」

詠唱を止めた私は、百足蟹の卵を前に今回も自分の敗北を認めるしかなかった。私の魔法もまだまだ研鑽（けんさん）が必要ということなのだろう。

「自分の未熟さ故に目の前にあるのに食べることができないなんて……」

「だ、大丈夫ですよ、姫様。今は駄目でも、姫様ならきっとやり遂げてくださると私は信じてますから！」

「私もレーニャの言う通りだと思います！　こいつらは毎年産卵しますから、楽しみは来年に取っておくということで！　それにほら、今回は姫様の思い出の味を堪能するための遠征ですし」

そう、今はまだ無理でも次がある。何も諦めることはないのだから。レーニャさんとリリアンさんに慰められた私は、気を取り直して、百足蟹本体の下処理をすることにした。

蟹類は生きたまま茹でると脚がもげるので、真水で締めてから調理するのが一般的だ。締めてすぐに魔力を抜き出せば問題はないので、調理用の真水を拝借してレーニャさんと一緒に百足蟹の頭を真水に沈めていく。

「決して命を粗末にしたりはいたしません。その尊い命を最後まで大切にいただきます」

食べるために殺めるのだから、責任を持って美味しくいただかねばならない。そうして十匹の百足蟹（そのどれもが二フォルンほどもある）を締めた私は、曇水晶を手に呪文を唱えた。

下処理を終えた百足蟹を籠に入れて戻ると、騎士たちも続々と戻って来ていた。騎士たちでごった返す中で、後方支援部隊の者たちが忙しく動き回っている。

「うへぇ……塩でベタベタする」

「いくら錆止めをしてるといっても万能じゃないからなぁ」

「真水はたっぷり用意してありますのでこちらへ」

交代で休憩を取りに来た騎士たちは、まずは装備の手入れをするようだ。鍛冶師たちが待ち構えている天幕には、真水が入った大きな木桶が幾つも置いてあった。塩水を被ってしまったまま放置すると肌がヒリヒリしてくるし、何より鎧や剣が錆びてしまうので放置は禁物らしい。

医術部隊の方は幾分落ち着いていた。重傷者用の天幕に旗は立っていない。それでも、軽傷者の数は一定数いるようで、あちこちで治療が行われている。

「おいっ、通してくれ！　医術師さん、解毒薬を頼む！」

うつ伏せのまま木の板に乗せられて運び込まれた騎士のところに、医術部隊の人が駆け寄って行く。

「これは結構腫れてますね。百足蟹の毒ですか？」

「おう、こいつがうっかり尻をついた時に刺さっちまったんだよ」

「……おま、それ言うな……よ」

どうやらその不運な騎士は、お尻に百足蟹の毒の尾が刺さってしまったらしい。すぐさま治療が開始され、すごく効きそうな色をした解毒薬入りの小瓶を口の中に突っ込まれていた。

そして、私がいる料理部隊の天幕は。

大きな天幕に入りきれないくらいの騎士で賑（にぎ）わっていた。食べやすいようにスープを中心にした料理を提供しているけれど、腹が減ってはなんとやら、と皆食欲旺盛だ。

レーニャさんはもちろん、リリアンさんも皆を手伝って走り回る。私は裏方に撤して表に出ない予定だったけれど、段々とそうは言っていられない状況になってきた。遠征慣れした騎士や体力がある騎士たちは、自分で並んで糧食や飲み物を受け取りに来る。でも、今回が初任務の新任騎士やまだ大規模な遠征に慣れていない騎士たちは、長丁場の討伐でどっと疲れが押し寄せてきているようだ。座り込んで動けそうにない若い騎士たちの姿が散見される。そんな騎士たちにはこちらから糧食の配布に行かなければならないのだけれど、人手が足りなくて皆に行き渡ってなさそうだ。

「私も配って来ます！　どこに運べばいいですか？」

「おう、頼んだぜ……って姫様⁉」

私は居ても立っても居られなくなり、自らすすんで動くことにした。飲み物やスープが入った鍋やベルゲニオンの塩漬け肉を挟んだパンを荷車に積み込むと、疲れ切った騎士たちのところに向かう。

「ほら、新任。食わんとへばるぞ。なんでもいいから食べておけ」

「すみません先輩……食べるのは、ちょっと無理かも」

先輩騎士が差し出したパンを断り、顔色が悪い若い騎士が長い溜め息をはいて木に寄りかかった。せめて飲み物だけでも摂取しておかないと、水分不足で本当に動けなくなってしまう。私は彼らの前で荷車を止めた。

「固形物が駄目なら飲み物を。これは蔓甘露とキャボの果肉入りです」

私が声をかけると、若い騎士はノロノロと顔を上げてそのまま固まってしまった。その手に空の木杯を持たせた私は、爽やかな香りの特製果実水をなみなみと注ぐ。

「ゆっくり飲んでくださいね」

「は、はい」

「はい、先輩さんもどうぞ」

「自分にまで、あ、ありがたくいただきます」

先輩騎士が一気に飲み干して、背中を丸めて座っていた若い騎士はそろそろと木杯に口を付ける。それから、急に喉の渇きを思い出したかのように、ゴクゴクと喉を鳴らして飲み干した。

「あ、あの、もう一杯いただいてもよろしいですか？」

空になった木杯をおずおずと差し出してきた若い騎士に、私はおかわりを半分注ぐ。そして温かいスープも一緒に手渡そうとして――


『閣下が落ちた⁉　ヤニーーッシュ‼　至急回収！』


誰かの共鳴石から聞こえてきたケイオスさんの慌てた声に、騒ついていた後方支援部隊の拠点が一瞬しんとなる。アリスティード様はつい先ほど、五十フォルンもある百足蟹が出たという応援要請に向かわれたばかりだというのに。

百足蟹と交戦していたアリスティード様が落ちた。

（落ちた？　まさかドラゴンから？　どこに？）

私は思わず手を止めてしまった。スープが入った器を取り落としはしなかったけれど、小刻みに

手が震えて中身が少し溢れてしまう。スープが地面にポタポタと落ち、それに気づいた若い騎士の一人が私の手を支えてくれる。

「姫様」

「ご、ごめんなさい！　すぐに拭きますね」

「いえ、俺にはかかっていませんので」

先輩騎士が私から器を受け取ると、若い騎士が私を気遣うように聞いてくる。

「……あ、の……姫様、今の聞いてしまわれました？」

今の、とは、先ほどのケイオスさんの声のことだろう。聞いていないと嘘はつけず、私は無言で頷いた。ぎこちない笑みを浮かべた若い騎士に、私の方も気まずくなってしまう。しかし先輩騎士の方はスープも豪快に飲み干すと、口元をグイッと手で拭って私の目を真っ直ぐに見てきた。

「心配いりませんよ、姫様。我らの閣下は無茶ばかりしますが、大切なことを放り出して逝くような薄情な男ではありません」

周りにいた騎士たちも私の様子を心配してくれたのか、次々と声をかけてくれた。皆の話を聞くに、やはりアリスティード様は『なんとかなる範囲での多少の無茶』をよくなさるようだ。ベルゲニオン襲撃の際に怪我をされた時も、アリスティード様は私たちのことを「心配性すぎる」と仰っていたけれど、アリスティード様が考える『なんとかなる範囲』はかなり広いに違いない。

私は集まってくる騎士たちに果実水とスープを配りながら、何度も自分に言い聞かせる。

（大丈夫、皆さんの言う通り、きっと大丈夫）

そうして無理矢理納得させて、自分の仕事に集中することにした。入れ替わり立ち替わり休憩にやってくる騎士はまだまだたくさんいるのだ。そんな私の頭上に急に影が差した。

「飲み物と、塩をいただきたい」

「は、はい！　果実水と塩ですね」

その影の正体は東エルゼニエ砦長のデュカスさんだった。私は急いで果実水を手渡すと、岩塩の塊を砕いて小さくしたものが入った籠を差し出す。大楯（おおたて）を背負ったデュカスさんは、大きな手で幾つかの岩塩を摑むと豪快に口に放り込んだ。

ボリボリと音を立てて岩塩を噛（か）み砕いたデュカスさんが、何を考えているのかわからない顔で静かに問いかけてくる。

「貴女はお休みになられているものとばかり思っておりました」

「仮眠は取りましたので朝まで頑張れます」

私がそう答えると、デュカスさんは果実水をゆっくりと飲み始めた。砦長という立場のデュカスさんが来たからか、私の周りでわいわいと賑やかにしていた騎士たちが遠慮がちに離れていく。

「貴女がご心配なさる必要はありません」

デュカスさんの目が私を捉えた。東エルゼニエ砦の騎士たちは、ユグロッシュ百足蟹を捕食するため塩湖に集まって来た魔物の攻撃から私たちを守る役目を担っている。砦長たるデュカスさんの指揮の下、一糸乱れぬ連携で魔物を屠る彼らは『鉄壁の護り』と言われているらしい。確かに、東エルゼニエ砦の騎士は皆、体格も良く装備も重装だ。

立っているだけで威圧感があるデュカスさんに見下ろされると、なんだかお尻がむずむずするような感覚になってくる。

「えっと、なんのことでしょう」

「閣下は」

聞き返した私の声とデュカスさんの声が重なる。なんだか気まずくて、私は目でデュカスさんを促した。

「閣下は、ご無事です。あそこにはケイオスとヤニッシュとギリルもいますので」

そこで言葉を切り、残りの果実水を一気にあおったデュカスさんが口元を手で拭う。

「私は先代に頼まれて、あの方が成人なされるまでお目付役をしておりましたが、型破りな行動には昔から手を焼いてきました。ですが――」

デュカスさんが私から視線を外して塩湖の方を見たので、私もつられて顔を向ける。塩湖の西側は、落ちてしまったアリスティード様を探すためか、照明灯が何個も打ち上がっていてその場所だけ昼間のように明るくなっていた。と、それがいきなり、

（えっ、な、なに、あの光⁉）

突如として水面から白い光の柱が伸びてきて、夜空を灼いた。

かなりの距離があるというのにあまりに眩しくて、私は手のひらで庇いながら目を細める。座り込んでいた騎士たちも立ち上がり、皆の視線が光の柱に集まる。

「閣下は、やるべきことはやるお方です。やり方はどうであれ、ですが」

デュカスさんの呟きが私の耳に届くと同時に、誰かの共鳴石から『ば閣下！』と連呼するケイオスさんの声と、ヤニッシュさんらしき人の笑い声が響き渡る。どうやら、白い光の柱はアリスティード様の炎の魔法のようだ。ご無事であることが判明して、安心するあまり私の目頭にじわりと涙が浮かんでくる。私を元気付けてくれていた騎士たちもやはりアリスティード様のことが心配だったらしく、あちこちから安堵の溜め息が聞こえてきた。

「さて、私はもうひと仕事やって参ります」

「あ、お気をつけて、デュカスさん」

私は目頭を指でギュッと摘まむと、慌ててデュカスさんに向き直る。デュカスさんは背負っていた大楯を取り外して、私に向かって黙礼をしてきた。

「メルフィエラ様につきましては、ご無理をなされぬよう願います。ケイオスからは、閣下とご同類だと伺っておりますので、くれぐれも」

「え、あの、え⁉」

戸惑う私をよそに、デュカスさんは踵を返してしまった。

それにしても、デュカスさんがアリスティード様のお目付役だったなんて驚きだ。頼めば子供の頃のアリスティード様の話を聞かせてくれたりするのだろうか。

空まで伸びていた光の柱が消えると、騎士たちがやる気をみなぎらせて自分の持ち場に戻っていく。アリスティード様は本当の意味で、このガルブレイスの核なのだとありありとわかった。

（よし！　私も頑張らなきゃ）

デュカスさんを見送った私は、アリスティード様が戻って来たら一番に出迎えようと意気込む。きっと自分のことを後回しにするはずだから、ケイオスさんと一緒にきちんと見張っておかなければ。

（そういえばケイオスさん……私のことをどう説明しているのかしら？）

私はアリスティード様ほど無茶がきかないし、得意分野だって違う（剣技はおろか武芸はからっきしの非力なので）。「ご同類」と言ったデュカスさんの口元が笑っているように見えたのは、私の気のせいではない、はずだ。

第六章
焼いた石で蒸し焼き蟹〜食材：ユグロッシュ百足蟹〜

とても長く感じられた夜が明けて。

陽が昇り、塩湖の周りの状況が目視できるようになってきた頃。無事に五十フォルン超えのユグロッシュ百足蟹を三匹も葬り終え、今回の討伐は完了した。

重傷者は出ず、もちろんアリスティード様もご無事で。今は騎士総動員で後片付けに入っている。ブランシュ隊長やリリアンさんも塩塗（しおまみ）れになった装備品の手入れに回っていた。

後方支援の天幕はどこも落ち着いてきたけれど、料理人たちの出番はまだまだ続いている。私の前には下処理を終えた大量の百足蟹が置いてあり、レーニャさん以下料理人たちが真剣な顔をしていた。

「どうせ燃やした百足蟹の遺骸を埋めなきゃならないんで、ついでに穴を掘りますよ」

そう言ってくれた騎士の皆さんに甘えて、私は蒸し焼き用の穴を幾つか掘ってもらっていた。そこに大きめの石を敷き詰め、その上から細かい石を入れていく。ここでアリスティード様の出番だ。

「アリスティード様、本当に本当に、お休みにならなくても大丈夫なのですね？」

私は隣に立つアリスティード様に向かって念を押す。石を焼く役目を快く引き受けてくださったけれど、つい先ほどまで百足蟹と交戦し、幾度となく魔法を放っていたのでかなり心配だ。それに、戦闘中に塩湖に落ちて頭からつま先までびしょ濡れになっていたのだから。

「調子はいいぞ、メルフィ」

「悪寒はないですか？」

「簡易の浴槽に浸かったからな。塩でべたついていた身体もさっぱりした。何よりあのスープで芯から温まった」

湯浴みの際にアリスティード様をひん剝いて、私は怪我がないかくまなく身体中を見たのだけれど、一番恐れていた大きな怪我もなかったので本当に大丈夫なのだろう。小さな傷を治療した後、予備の騎士服に着替えたアリスティード様はとてもご機嫌な様子だ。私の髪に触れたり、無意識に手をにぎにぎしたりとなにかと触れられていた。夜が明ける一刻ほど前に引き上げてきてから、アリスティード様はずっとこの調子でいらっしゃる（出迎えた時はケイオスさんと何やら言い合いをしていたのだけれど、私があれこれとお世話をしていたらこうなった）。

「閣下、そろそろ調理に入ります。私がいいと言うまで石を灼いていただけますか」

蒸し焼き料理を監修してくれるのは料理部隊でも古参の料理人だ。呼ばれたアリスティード様が、石が敷き詰められた穴の前に立つ。

「火力は気にしなくていいのだな？」

「……灼きすぎて石が破裂しない程度の火力でお願いします」

アリスティード様が呪文を唱えると、白い炎ではなく赤い炎が石の上で燃え盛った。「調整が難しい」と仰いながらも、いつもより低温の炎が周囲の空気を暖かいものに変えていく。そして、石が赤く染まり始めたところで次の工程に入った。

「もう大丈夫です、閣下。後は上から乗せる用の石を灼いてください。皆、手早くカジュロの葉を敷き詰めるんだ」

古参の料理人の指示に従い、アリスティード様は穴の傍に積み上げられた石を魔法で灼いていく（暖かくてちょうどいいからと騎士たちが石の傍で暖をとっていた）。他の人は、ゼフさんたちが採って来てくれたカジュロの葉を灼けた石の上に大量に敷いていった。私もレーニャさんと一緒に葉を運ぶ作業の列に入り、次々と穴の傍の料理人に手渡していたけれど、カジュロの葉は水分を多く含んでいるので、熱された蒸気が穴から大量に上がって熱いくらいだ。

「あちっ！」

「火傷すんなよ！」

「よし、百足蟹も入れていくぞ。デカいやつを下に入れて、小さいやつは上に置けよ」

重ねたカジュロの葉の上に、今度は手際良く下処理が済んだ百足蟹が穴に投入されていく。ある程度積み重ねたところで、再びカジュロの葉を大量に被せて、最後に灼いた石を載せていった。そして仕上げに、古参の料理人が塩湖の水が入った桶(おけ)を抱えてやって来る。

「では、じっくり蒸し焼きにしますので、後は私たちに任せてくださいませ」

そう言うと、穴の周りにいた人を下がらせて、桶の水を石の上に豪快にかけた。ジュワッという音がして、一瞬にして水が熱い蒸気になって辺りが白くなる。

（これが蒸し焼き！）

マーシャルレイドにはない初めて見る料理に、私はワクワクする気持ちが抑えられなかった。調理器具は一切使わない素朴な調理法だけれど、蒸し加減や温度の調整は料理人の腕にかかっている。私は傍で古参の料理人の作業姿を見ていたレーニャさんに話しかける。

「蒸し焼きは一見簡単そうに見えて、とても難しそうですね」

「はい、料理人の経験と勘が頼りなんです。ただ火を通すだけなら誰でもできますが、食材を最高の状態にするとなるとかなりの熟練の技が必要になります」

そう語るレーニャさんは真剣な眼差しを向けている。本当に、彼女の料理への姿勢には感服するばかりだ。私とは少し分野が違うけれど、その道を極めたいという気迫がひしひしと伝わってきた。


しばらくして、一刻ほど様子を見るとのことで一旦離れていた人たちが再び集まってきた。カジユロの葉が煮えたような匂いに混じって百足蟹らしき匂いが漂ってくると、仕事を終えた騎士たちもわらわらとやってくる。

各砦長（とりでちょう）からの報告を受けるため作戦会議用の天幕に引き上げていたアリスティード様も、皆を引き連れてやってきた。

「んー……いい潮の香りがしますね」

身を清めてきたのか、さっぱりした様子のケイオスさんが嬉しそうな顔をして歩いてくる。いつも真顔なのに、今はアリスティード様が言うところの『眉間の皺』がない状態で、表情が緩んでいるのは珍しい。

「メルフィエラ様、もうすぐ出来上がりでしょうか？」

ケイオスさんも私と同じく、どうにもワクワクを抑えきれないみたいだ。

「今から味見をするようですよ？　上の方の小さな百足蟹を開けてみるそうです」

「味見！　それは是非、私も参加させていただきたく」

「そういえば、ケイオスさんは蟹に目がないそうで」

「ええ！　虹蟹よりも美味しいと聞いてから、この時が来るのがずっと待ち遠しくて」

とてもいい笑顔のケイオスさんの後ろから、ヤニッシュさんがやって来た。あちこちかすり傷ができているけれど、とても元気そうだ。

「よう、姫さん！　腹が減って倒れちまいそうなんだが、もう食えるのか？」

「ええ、ちょうど今から火の通り加減を見るところなんです。ああ、ほら！」

皆の視線が古参の料理人に集中する。カジュロの葉の隙間から長い鋼の槍のようなものを刺した料理人が、グッと力を入れてからゆっくりと引き抜いていく。その先には、高温でじっくり蒸された、甲羅を赤く染め上げた百足蟹が付いていた。

「色はまさしく蟹ですね！」

料理人の元に速足で近寄ったケイオスさんが、クルンと丸まった状態で蒸し焼きになった百足蟹に鼻を近づける。体長二フォルンくらいなので、まだ爪や脚はそこまで立派ではない。それでも、普通の蟹と比べると二倍ほどの太さがあった。

「ん？　この団子状のものはなんだ？」

アリスティード様が元々毒の尾があった場所を指し示した。私の元に届いた際にはすでに毒袋ごと尾を切り落としてあったので、下処理の時に穀物粉を少量の水で練ったもので栓をしておいたのだ。

「火を通すと旨味成分が殻の中に溢れ出てきます。それをこぼさないようにするために塞いだのです」

「なるほど確かにな。汁がこぼれてしまえば中の身もパサついてしまうというわけか」

アリスティード様がそう仰る隣では、ケイオスさんが大きく頷いている。

「メルフィエラ様が研究を続けてくださったおかげで私もこうして恩恵に預かることができます。魔物の活用方法の幅が広がっていくことは、ガルブレイスだけではなく王国を豊かにすることに繋がると、私は本気で思っております」

「ケイオスさん、ありがとうございます。母のやってきたことは間違いではなかったのだと思えて嬉しいです。私の知識のほとんどは、母の研究資料から得たものですから」

魔物の棲息地や特徴、毒の有無に調理方法など。マーシャルレイドの領地内のものは自分で確かめることができたけれど、その土地固有の魔物については想像するしかなかったのだ。ユグロッシュ百足蟹も固有種なので、こうして実際に目にする機会に恵まれたことは、私にとって奇跡に等しくとても貴重な体験であった。

私は、料理人が百足蟹を手際よくバラしていく過程をアリスティード様と一緒に見守る。百足蟹は長いので、まず頭と爪や脚を取り外して胴体だけにする。頭から三節目までに心臓や主要な内臓が詰まっているので、そこの部分の甲羅は異様に硬く刺々しい。

「姫様、とりあえず頭を開けてもよろしいですか？」

「はい、もちろんです！」

料理人に聞かれ、私は勢いよく頷いた。頭部は蟹でいうところの一番美味しい部分だ。節の部分に太い刃物を入れて上から叩くようにして切った後は、甲羅と腹部分のつなぎ目から指を入れて、力任せにばかりとこじ開けていく。

「ふんぬっ！」

料理人の掛け声に、私もアリスティード様もケイオスさんも前のめりになった。周りには幾重にも人だかりができて、木の板の上に置かれた赤い百足蟹に誰もがごくりと喉を鳴らす。メリメリと甲羅が軋む音がして、料理人の腕に力が入ったところで濃厚な磯の香りが鼻腔をくすぐった。

「はぁぁ……見てください閣下、メルフィエラ様っ！　素晴らしい、この香り……ああっ、これが蟹の肝ならぬ、百足蟹の肝！」

「真ん中にあるのが心臓か？　やはり魔物だな、類を見ない大きさだ」

　ケイオスさんが興奮した声を上げた横で、アリスティード様が別の視点から百足蟹を見ていく。頭のすぐ下の二節目の甲羅の裏には、分厚い肝の層がくっ付いていた。その真ん中に手のひらくらいの大きさの平たい心臓が付いている。

「えっと、蟹と同じではないとはいえ、心臓とか胃とか腸は廃棄した方がいいと思います」

「わかりました、姫様。肝の層だけを残して他の内臓は捨てましょう」

　毒などの有害成分はきちんと下処理の過程で排除しているけれど、食べない方が無難な部位もある。その他の微妙な部位は後からきちんと吟味してみるとして、せっかくの百足蟹の味を台無しにしたくはなかった。

　ほかほかと湯気を上げる百足蟹の内臓が、料理人の手によって素早く丁寧に取り除かれていく。巨大なエラもきちんと剝がされて、あっという間に甲羅の中には肝と身だけになった。

「よし、完璧です。で、誰がお毒見を？」

「「「「「はい!!」」」」」

　ケイオスさんを筆頭に、待ち構えていた騎士たちが一斉に挙手をする。「それはもう毒見とは言わないのでは」という料理人の呟きを無視するように、どこから持ってきたのか木の匙を持った皆が百足蟹に向かって手を伸ばした。

「あっ、ちょっと、ケイオス補佐邪魔ですっ！」

「しっ、しっ、散りなさい！　これは私の百足蟹ぃぃぃっ」

「うめぇぇぇっ!!」

「こらっ、抜け駆け禁止」

「早いものがちっすよ、ケイオス補佐。お先に！」

「ゼフ！　貴方ねぇ、一体どこから」

「なんだこれ、蟹か？　いや、百足蟹か。でもなんだこの旨味は」

「俺、頑張ってよかったたぁぁぁっ！」

　我先にと毒見をする騎士たちの楽しそうな姿に、私はホッと息をはいた。ある程度魔物食に慣れてきたミッドレーグの騎士だけではなく、ユグロッシュ砦や東エルゼニエ砦の騎士も交じっている。詳しく味を聞かなくても、その美味しさはよく伝わってきた。「なんと深い味わい」と言った先から次々と肝を掬(すく)っては口に放り込んでいくケイオスさんは、目をキラキラと輝かせていて、本当に幸せそうな顔で。私も見ているだけで幸せをお裾分けしてもらえたような気になってくる。

「メルフィ、よかったのか？」

　すると、毒見に参加しない私に、アリスティード様が遠慮がちに声をかけてきた。

「あんなにいい顔を見たら私だけ毒見をするわけにもいきませんもの」

「いや、そうではなくてな……百足蟹は、母親との思い出の味なのだろう？」

　確かにそうだ。私はルセーブル工房でアリスティード様にそう言って、無理を承知で討伐に連れて来てもらったのだから。私はアリスティード様に向かって微笑むと、騎士たちが群がっている場所から少し離れたところに置かれている百足蟹の脚を指差した。

「ふふふ。実は、私の思い出の味は脚肉でして。肝は子供の味覚にはあまり好みではなかったようで、私の記憶に残っているのは、この太くて立派な脚と爪なのです」

指三本分の太さはあろうかという脚を吟味して、私はその端に料理人から借りた刃物を入れる。そのままトントンと刃物の背を叩くと脚が縦に裂けた。その半分をアリスティード様に手渡し、私は木の匙を構えた。

「匙が必要なのか？」

「百足蟹は蟹とは違って身離れが悪いんです。ですからこうやって、匙でこそぎ落とすようにして……んんっ！」

少しはしたないけれど、脚の端に口を当てて、こそいだ脚肉を一気に口に入れる。すると、口の中いっぱいに百足蟹の香りと甘味と塩味と、とにかく凝縮された濃い旨味が広がった。

(最っ高!!)

噛むと少し強めの弾力があって、でも肉とは違って噛めば噛むほど繊維がするすると口の中で解けて、それと一緒に溢れ出てきた旨味が舌を刺激する。たまらず全ての脚肉を胃に流し込んでしまった私は、至福の溜め息をついた。

「はぁ……幸せです」

それを見ていたアリスティード様も、私と同じようにして脚肉を口にする。すると、カッと目を見開いたアリスティード様が、それはもう見事なほどに綺麗（きれい）に平らげていくので、私はおかわりの脚を準備して差し出した。

「なんという旨味だ！　これは虹蟹など目ではないぞ……いかん、一気に腹が減ってきた」

「思い出の味には勝てないと言いますけれど、これは思い出にも勝る味です！」

「これほど濃いというのにスルスル食べてしまえるとは恐ろしい。む？　爪は脚より硬かろう。半分に割ればいいのか？」

アリスティード様が硬い爪を半分に割ってくださったので、仲良く半分ずつを木の匙でほじる。獲物を両断するくらいの力がある爪肉は、とても大きく歯応えがあって、食感すらも病みつきになりそうな新しい味であった。二フォルンほどの百足蟹ですらこれなのだ。五フォルン超えの百足蟹は肝の量も脚肉の食べ応えも、今までにないくらいものすごいものに違いない。

「いかんな、こんなに美味くては百足蟹が乱獲されてしまうぞ」

「乱獲……魔物食が浸透すれば観光資源になるかもと思っていましたけれど、生態系を壊してはなりませんね」

「今まで通り、間引く目的で討伐した際の副産物として扱うしかないか。それにしても美味い。手が止まらん」

もはや毒見ということすら忘れて三本目の脚に取り掛かった私たちの前に、ケイオスさんがやって来た。

「ありがとうございます！　メルフィエラ様！　まるで夢のようでした！　とろける肝と肝汁が絶妙な感じで身に絡まり、まるで百足蟹の肝に溺れているかの如く……蟹の肝は本当に貴重なので、こんな風にたくさん堪能できる機会をいただける、と……？」

　無事に毒見を終えたケイオスさんが、歩みをピタリと止める。その目は、アリスティード様が持っている百足蟹の脚肉に釘付け（くぎづ）けになっていた。

　固まっているケイオスさんに、アリスティード様がにやりと悪い笑みを向ける。

「よかったな、ケイオス」

「か、閣下、それは？」

「ん、ああ。これは脚肉だな。見てみろ、この食べ応えありそうな太さ。メルフィが俺のために選んでくれてな」

「あっ」と口を開けたケイオスさんの目の前で、アリスティード様が脚肉を口いっぱいに入れてゆっくりと咀嚼（そしゃく）する。豪快でありながら、その食べ方はとても綺麗で、ものすごく美味しいものを食べているように見えた（実際百足蟹は極上の味なので、その味を知ってしまった私は生唾が湧いてきてしまった）。

「メ、メルフィエラ様、あの、その……私も脚肉」

「ケイオスさんの分もありますよ？　こんなにたくさん獲れたのですから。もう上の方の百足蟹は

全て食べ頃のようですね」

私たち毒見役の様子を見ていた古参の料理人が、穴の中から百足蟹を取り出すように指示を出す。真っ赤になった百足蟹が次から次へと蒸し上がっていく光景に、お腹を空かせた騎士たちがさらに集まって来た。

「蟹好きのケイオスさんには是非五フォルン超えの百足蟹を食べていただきたいですね！　きっと期待以上の味だと思います」

「申し訳ありません……つい夢中になってしまって。しかし、これほどの褒美がいただけるのでしたら、来年の百足蟹討伐は抽選になるかもしれません」

少し恥ずかしそうに頬を染めたケイオスさんに、私は半分に割った脚肉を手渡す。食べ方を教えると、こちらも綺麗に平らげてしまった。ううむ、さすが好きだけあってケイオスさんは蟹を極めている。


「おぉーい、姫さん！　やってるな！」

と、遠くからヤニッシュさんたちアザーロ砦の騎士と、ユグロッシュ砦長のギリルさんがやってきた。その後ろ、地走りと呼ばれるドラゴンが引いているのは、巨大な百足蟹の爪だ。

「五十フォルン超えは閣下がほぼ焼き蟹にしちまったから、これだけしか死守できなくてよ。でもこいつは狩りたて新鮮だからよ、下処理とやらもできるだろ？」

「もう、聞いてくださいよ、姫様！　ヤニッシュ砦長がいきなり呼ぶから何かと思えば、このでっかい爪を食べたいから運べ、だって！」

　地走りを操っているのはしばらく姿を見ていなかったリリアンさんだ。苦笑するブランシュ隊長も一緒だ。そして上空からは、ミュランさんとアンブリーさんがグレッシェルドラゴンで脚を運んで来ていた。

「あのな、お前たち……」

　溜め息をついたアリスティード様に、ヤニッシュさんが半眼になる。

「俺、指示通りに心臓を潰しましたよ？　それなのに全部焼いたのは閣下ですよね。爪くらい食べたっていいじゃないですか」

「大きいから美味いとは限らんのだが」

「いいんです、俺はこいつを食べます！　姫さん、よろしくな！」

　見てみると、狩りたて新鮮なことは間違いなく、どうやらアリスティード様の炎の魔法の直撃を免れた爪のようだ。私はヤニッシュさんに頷くと、下処理を済ませるために道具を取りに行くことにした。

「アリスティード様！　すぐに戻りますから、私の百足蟹を死守していてくださいね！」

　そうお願いして、私は騎士たちが百足蟹を美味しそうに食べている中を駆け抜ける。疲れた様子も見せず、騎士たちは皆いい笑顔だ。

（ありがとうございます、アリスティード様。お母様との思い出の味が、今日から皆との思い出の味になりました！）


ヤニッシュさんが運んで来た百足蟹の爪や脚は、私の身体よりも大きくて太かった。でも一番大きな爪は、胴体から切り離してから時間が経ちすぎているのか、魔法陣にあまり反応を示さない。

『ルエ・リット・アルニエール・オ・ドナ・マギクス・バルミルエ・スティリス……』

私は丁寧に呪文を唱える。本来であれば、魔法陣の上にキラキラと輝く魔力がたくさん浮かび上ってくるのに。何度呪文を繰り返しても、ごく少量の光が二、三粒浮かんでいるだけだ。

（元々血の量が少ない魔物なのでしょうけれど、こんなに魔力量が少ないはずは……）

ヤニッシュさんはつい先ほど胴体からもいできたばかりだと言っていたので、それが本当ならば魔法陣の効果もきちんと発揮されるはずである。確かめても身は生で、アリスティード様の炎の魔法で焼けてしまっているわけでもない。試しに別の脚から魔力を抜き出してみると、そちらはきちんと反応があって、少ないながらも曇水晶の中に青い血と魔力が溜まっていった。

（魔法陣の問題ではなさそう。だとしたら……まさか）

巨大な爪を前に唸る私のところに、アリスティード様とヤニッシュさんがやってきた。

「どうした、メルフィ。その爪に何かあるのか？」

「アリスティード様。あの、この大きな爪なのですが」

「それか。多分、殺り合った中で一番大きな百足蟹の爪だな」

「やり合った？」

アリスティード様たちが言う「やる」という言葉は物騒な意味がある。私が真っ直ぐアリスティード様を見返すと、しまったというような顔をしてあさっての方向を向いた。

「あれ、姫さん聞いてなかったのか？　閣下がドラゴンから直で百足蟹に飛びかかってよ。心臓をひと突きしたところで暴れ狂った百足蟹に振り落とされちまったんだ。俺は閣下からもうひとつの心臓を潰すように厳命されていたからな。その爪は閣下が無事塩湖に落ちた後に、俺が渾身の一撃で斬り飛ばしたもんだ。さすが五十フォルンは超えているだけあって硬ぇのなんのって……ん？　どした、姫さん」

ヤニッシュさんが、私を見てキョトンとした顔になる。ヤニッシュさんが説明してくれたおかげで、あの時ケイオスさんが慌てた声を上げた真の理由を知ることができた。騎士の皆さんは「大丈夫だ」と言ってくれていたけれど、本当は、アリスティード様は命の危険に晒されていたのだ。百足蟹に飛びかかって、そのまま振り落とされてしまうなんて、ひとつ間違えれば命はなかったかもしれない。

アリスティード様が全身ずぶ濡れで戻って来られた時は、とにかく怪我はないか心配で、そうなってしまった理由については詳しく聞かなかったのだけれど。

「ドラゴンから、直で、飛びかかる」

ポツリと呟いた私に、アリスティード様が慌てて言い訳をする。

「い、いや、な、メルフィエラ。な、ほら、大した怪我もなかっただろう？」

「……また、相当な無茶をなさって」

「あそこにはケイオスもヤニッシュもギリルもいた。全員信頼のおける一流の騎士だ。だから俺は安心して命を預けられるんだ。な、ヤニッシュ、そうだな？」

「えっ、そこで俺に振りますか⁉」

いきなり話を振られたヤニッシュさんが、アリスティード様と一緒になって慌てたような顔になる。私がわざと下から睨むと、アリスティード様がうっと言葉を詰まらせて項垂れた。

「心配させてすまなかった。次から絶対に無茶はしない」

「……本当ですか？」

「単独の時は」

ヤニッシュさんをチラリと見ると、なんとも言えない顔をしている。アリスティード様は公爵様でガルブレイスの主君なのだから、一人で行動することはまずない。本当は納得できないけれど、私は敢えてそこを問い詰めることはせずに事実だけを話すことにした。

「アリスティード様、その爪の百足蟹は、狂化していたんです」

私の言葉に、アリスティード様とヤニッシュさんがハッと目を見張る。私は鞄の中から魔毒用の魔法陣を描いた油紙を取り出すと、大きな爪に貼り付けた。そして天狼の魔毒を抜き出した時の呪文を唱える。

『ルエ・リット・アルニエール・オ・ドナ・マギクス・バルミルエ・スティリス・イードラ・デルニエ・オ・ドナ・ルゥナティクト・ノヴ・ブレドゥース……』

凝っていた魔毒が、不気味な黒い光を放ちながら、ゆっくりと私の手の中の曇水晶に吸い込まれていく。天狼のように生きてはいないけれど、抵抗がかなりあって全てを吸い出すことは難しそうだ。私は詠唱を止めると、魔毒が入った曇水晶をアリスティード様に差し出した。

「百足蟹は二十フォルンを超える頃に寿命を迎える魔物だ。そうか……狂化していたからこれほど巨大化したのかもしれんな」

「狂化した大百足蟹を相手に、アリスティード様がご無事でなによりでした。どんなに美味しくても、魔物は魔物ですから」

ヤニッシュさんが、物珍しそうにしてアリスティード様の手に渡った曇水晶を見つめる。

「これが魔毒？　閣下、俺はこんな形で魔毒を見るのは初めてですが、身体の中でこんな風になってるんじゃ狂化もしますよね。ただ、ユグロッシュ百足蟹は魔獣と違って狂化の傾向を外部から判断するのは難しそうだ」

狂化しているか否かの判別は、魔物の異常行動や凶暴化していることとは他に、目の濁り具合で付けることが一般的だ。魔毒により血が濁ると、その目も著しく濁る。もちろんわかりにくい魔物もいて、硬い殻を被った魔蟲（まちゅう）や分厚い皮で覆われた魔樹などがそれだった。ユグロッシュ百足蟹も、わかりにくい部類に入ると言えそうだけれど。

「でも、数多の魔物を相手にしてきた騎士にはきっとわかっていたはずです。この五十フォルン超えの百足蟹は異常であると。どんなに些細な違和感でも、ガルブレイスの騎士の違和感はきっと正しい」

私がアリスティード様を見上げると、アリスティード様は真剣な顔で頷いた。

「そうだな。本当にすまなかった、メルフィ」

私はそれに笑顔で応えると、大きな爪に目を向ける。残念ながらこの爪は廃棄しなければならない。アリスティード様も残念そうな顔になる。

「メルフィ、魔毒を完全に抜くとなると二十日くらいかかるのだったか？」

「はい。でもこれは魔獣とは少し違いますので、魔毒が抜けるまでに腐ってしまうかもしれません」

「え……ええっ⁉　ってことは何？　姫さん、これ、食えないのか？」

ヤニッシュさんが私と爪を交互に見た。本当に食べたい気持ちが伝わってきて、私はなんだかやるせない気持ちになる。なんとかして食べてもらいたいし、私もこの大きな爪肉にかじりつきたかったのだけれど。

アリスティード様が神妙な顔で首を横に振ったところで、ヤニッシュさんがガックリと膝をついた。

「ちくしょうっ！　こいつなんで狂化なんかしてるんだよっ‼　せっかく、せっかく斬り落としたってのに‼」

「ヤ、ヤニッシュさん、こっちの脚は狂化していない個体のものなのか魔毒もありませんし、大丈夫ですから！　食べてもいいですよ」

私が魔力測定器を示すと、ヤニッシュさんがすがるような目で私を見上げてくる。

「それ、なんだ？　姫さんの魔法がすげぇってのはわかるが」

ヤニッシュさんが、魔力測定器を見て首を捻る。なんだか涙目になっているように見えるのは気のせいではないけれど、敢えて触れないようにした。

「魔法陣で血と一緒に魔力を吸い出しました。この測定器で残留魔力量がわかるのですが、ほら、反応はないですよね？　これは安全に食べられる証拠なんです」

「なんだこの魔法陣。なんつーか珍妙でさっぱり読めねぇ」

「これは古代魔法語で、アリスティード様がお使いになる魔法と同じ系統なんです」

「あー……なるほど。とんでも魔法ってやつか」

「とん？」

「ま、いいか。この脚も食べ応えは十分ありそうだしな。あんがとな、姫さん」

ヤニッシュさんがスッと立ち上がると、右手を上げて誰かを手招く仕草をする。

「よっし、お前ら！　この脚を綺麗に横半分に割れ！　一気に焼くぞ」

「うっす！」

「待ってました！」

「こんなにデカくちゃ蒸し焼きは難しいですもんね」

どうやら焼き百足蟹にするようだ。待ち構えていたアザーロ砦の騎士たちが、ヤニッシュさんの指示通りにテキパキと動いていく。

そのうちに、着替えてきたリリアンさんとブランシュ隊長もやってきたので、とりあえず食べ比べてもらおうと、私は蒸し焼きの百足蟹の脚から身をほぐして集め、木皿に山盛りにして皆のところに持っていくことにした。

「焼けるまでお腹が持ちませんよ？　ヤニッシュさん、こちらをつまみながらどうぞ」

「おっ、姫さんありがとな！」

「ブランシュ隊長もリリアンさんもお疲れ様でした」

「姫様、給仕でしたら私たちが……」

ブランシュ隊長が申し訳なさそうな顔になったので、私はとっておきのものを一緒に出す。

「こちらは肝です。是非これに身を付けてたべてください。それと、キャボの果汁も搾ればさっぱりしていいかもですよ？」

料理部隊が持ってきてくれていたキャボの果実は、濃厚な百足蟹をさっぱり食べたい時に絶対合うはずだ。実際私も好きだし、酸っぱめの果実水は女性が好む傾向にある。

「先ほどいただいたキャボの果汁水も美味しかったので楽しみです。あの、姫様もご一緒に」

「ええ！　私もまだまだ食べ足りませんから、一緒にいただきましょう」

甲羅の中に百足蟹の身を泳がせて、たっぷりと肝をまぶしたそれを、ヤニッシュさんが豪快に口の中に放り込む。

「くっ……うめぇ！」

そのまま搔き込むようにして口いっぱいに頰張ったヤニッシュさんは、咀嚼もそこそこに肝とほぐし身をスープのように流し込んでいく。

「酸っぱいとスルスル入っちゃいます！」

「な、なるほど……キャボの果汁は罪悪感を消してくれますね」

キャボを気に入ったリリアンさんが、もう何本目かわからない脚肉に果汁を搾って嬉しそうな声を上げる。ブランシュ隊長もそんなリリアンさんを見て、次から次へと肝を平らげていった。

ヤニッシュさんたちにあげた肝は、ケイオスさんが絶品と唸った三フォルンの雌の百足蟹のものだ。甲羅に肝だけを集めたこの贅沢の極みのような食べ方は、多分、ここでしか味わえない貴重なものだろう（ケイオスさんが色々と食べ比べてくださって、最高の食べ方だと宣言したので間違いはないと思う）。

結果、百足蟹は二フォルンから四フォルンくらいの大きさのものが味が濃くて美味しいという声が多かった。五フォルンを超えてくると、脚肉の弾力がどんどん増していく。これはこれで嚙みごたえがあっていいのだけれど、旨味が少し薄く感じられた。それに、肝は七フォルンを超えるととえぐみが強くなってきて、食べるに適さない部位となる。

「まったく、俺をこき使うなど……なんだ、俺はお前たちにとって便利な火力か」

アリスティード様はといえば。ぶつぶつと文句を言いながらも二十フォルン超えの百足蟹の脚肉を実に見事に焼き上げてくださって。

「でも私は、アリスティード様とお仕事ができるのは嬉しいです」

「メルフィ？」

「私は騎士ではないので荒事はお任せするしかありませんけれど……調理はこうして一緒に作業ができますから。あの、こんな仕事をお頼みするのは不敬なのかもしれなくて、申し訳なく思うのですが」

「気にするな。メルフィ、お前が笑顔になるのであれば、俺は百足蟹だろうとドレアムヴァンテールだろうと焼いてやる」

そう仰ってくださったアリスティード様も、とても優しい笑顔を見せてくれた。

「ふふふっ、ドレアムヴァンテールの丸焼きですか？」

「丸焼きでもなんでも、お前が望むままに」

どこの領地でも主君が自ら料理を振る舞うなんて聞いたことはないけれど、こうして一緒に百足蟹を焼いていると、私はアリスティード様と肩を並べていられるような気がしていた。

# 第七章 嵐を呼ぶ書状

「パライヴァン森林公園を閉鎖する……と」

報告書をめくる音の合間に、抑揚のない声が聞こえる。それは質問ではないので、許可があるまで誰も口を挟むことは許されない。厳つい風体の報告者は、ただただ首を垂れて、賢者の再来と名高いその御方が読み終えるまで待つ。

「バックホーン三頭、ヤクール八頭、ガーロイの群れ複数、ラグラドラゴン一頭」

ラグラドラゴンは、冬の間は南方の島国で子育てをし、夏の初めにラングディアス王国へと飛来してくる渡り翼竜だ。黄緑色の鱗を持ち、発情期に入ると飛膜が朱色に染まる。ドラゴンと名がつくだけあって、性格は獰猛で俊敏性が高い。今の季節にまだここに残っているとは、怪我をして飛べなくなった個体か、死に逝く前の個体だろうか。

「ラグラドラゴンとは尋常ではない。少しいいか、ベイリュー大隊長」

「はっ！　なんなりと」

名を呼ばれ身を引き締めて返事をした報告者――ベイリュー大隊長に、その御方が苦笑する。

「固い、楽にしてくれ。それからいい加減に顔を上げてもらえないか？　私は過度に傅かれるのは苦手なんだ」

「しかしながら……」

　ベイリュー大隊長が、私に向けてチラリと意識を向けてきたのがわかった。白銀の鎧に深い蒼色の外套は、王国騎士団の中央騎士隊に所属する者の証だ。大隊長はその頂点の役職であり、彼がこの部屋に出入りすることに何ら問題はない。

（まあ、そうですよねぇ）

　邪魔とばかりに威嚇するベイリュー大隊長に、私も同感だと思った。私の方が異質な存在なのだ。しかし、別に私はここに居たくて居るわけではない。ベイリュー大隊長がこの部屋に入って来た時、私はこの部屋の主人直々に「退出する必要はない」と言われてしまった。そう言われてしまってはどうすることもできない。私としては、できれば厄介ごとに巻き込まれたくはないので、空気に溶け込もうと気配を消していたというのに。

「ああ、ベイリュー大隊長。彼なら心配いらない。むしろ一緒に話を聞いてくれた方が手間も省ける」

　まったくもって悪い予感しかしない。私は目を合わせないようにしながら顔を上げ、ごくりと喉を鳴らす。ひしひしと視線を感じるので、私が椅子から腰を上げて尊き御方に向かって正対したところ。

「ねぇ、ケイオス君、狂化したラグラドラゴン一頭を仕留めるのにどれくらいの人数が必要か教えてくれないか？」

「なっ、何故そのような者に」

ベイリュー大隊長が、ギロリと音が聞こえてくるくらいの眼力で私を睨め付けてくる。厳つい顔が鬼神のようだ。まるで殺意でも込められているかのような視線を躱し、私は思案した。

（寒さに弱いとはいえ狂化したラグラドラゴン。うちの精鋭部隊を投入して、後方支援部隊を含む討伐隊を編成しても……）

閣下がいるといないでは、戦力も戦略もまったく異なってくる。そう考えて、私はどうしてベイリュー大隊長がいるのにわざわざ私に話を振ってきたのか、その理由に気づいてしまった。

「……僭越ながら、それは我らの領主も込みでございますか？」

私の読みが正しければ、答えはこれでいいはずである。

「もちろんだよ、ケイオス君。私は君のことが大好きになりそうだ」

ガラリと雰囲気を変えたやんごとなき御方は、機嫌が良さそうな顔をして私を手招いた。ベイリュー大隊長はますます顔をしかめるし、企みに気づいた私は早くここから退出したくてたまらなくなってくる。

「彼を抜きにして狂化したラグラドラゴンを討伐するなんて、余計な犠牲者を増やすようなものだよ。ベイリュー大隊長、至急ガルブレイス公爵に緊急討伐要請を出してくれ」

「はっ⁉　ガルブレイス公爵？」

「そう、ガルブレイス公爵に、だ。要請書は三刻以内に出せるだろう？　ああ、使者は出さなくていい。そこにいるケイオス君が書状を持ち帰ってくれるから。彼は公爵の補佐官だよ」

驚いたような顔になったベイリュー大隊長が私を見て、「君がラフォルグ隊長のご子息か」とつぶやく。私も大隊長を見返して小さく会釈したものの、すぐに手配されるだろう緊急討伐要請に頭が痛くなってきた。閣下込みで騎士は二十人ほど必要になるだろうし、パライヴァン森林公園の奥はかなり広く深い。加えて冬の討伐となるので、後方支援部隊も大所帯になりそうだ。

色々と計算していた私に、尊き御方が歩み寄ってくる。

「せっかくの冬なのに申し訳ないね。それに公爵は婚約したばかりだったかな？　お詫(わ)びにその婚約者も連れて来るといいよ。本来ならば彼女は私の義妹になるはずだった人だから」

ベイリュー大隊長が「婚約者⁉」と驚きの声を上げた。まだ一部の者以外は知らなかった『ガルブレイス公爵の婚約』という話は、これを機に見る間に伝わっていくことになるだろう。それに、メルフィエラ様まで呼び寄せようとは。

「マクシム国王陛下、それは命(めい)でございますか」

「断ればそうなるかな」

どことなく胡散臭(うさんくさ)い笑みを浮かべた高貴な御方が、私の肩に手を置く。

ガルブレイス公爵家とマーシャルレイド伯爵家の婚約の許可をいただく際に、閣下は「月に一度、両家の仲が良い方向に向かっているか報告してね」という話を受けていた。もちろん閣下は受

け流していたけれど、公爵家として無視するわけにもいかない。そうして命じられた報告(それ)は私が行うことになっていたので、私はこうして親書をお持ちしたのであるが。

(昔からこの御方だけは苦手だ)

とんでもなく厄介なことに、ラングディアス王国第二十九代国王マクシム陛下は、美しい澄んだ紫色の瞳をキラキラと輝かせながら私を巻き込んできた。

◇◇◇

「アリスティード様、お食事が届きました。ちょうどいいですし、少しお休みにいたしましょう」

給仕が持ってきてくれたのは、私たちが食べ損ねていた昼食だ。食堂に食べに行くと言ってあったのに、一向に降りて来ない私たちのために運んで来てくれたのだ。

時刻は昼二刻。私は給仕台から温かいスープを取り上げると、アリスティード様の前に差し出した。

「アリスティード様。私、お腹が空きました」

「だから先に食べていいと……メ、メルフィ?」

「一人で食べても美味しいと思えなくて。私は、アリスティード様と一緒に食べたいのです」

スープには、干した百足蟹(ひゃくそくがに)がふんだんに使われていて、その濃厚なで香ばしい匂いが食欲をそそる。

「せっかくレーニャさんが美味しく仕上げてくれたのですから、温かいうちにいただきましょう？」

給仕係が応接机に食事を準備してくれたので、私はスープの皿を置いてアリスティード様を待つ。するとお腹を押さえたアリスティード様が、少し照れたような顔で席を立った。

「ケイオスが戻る前に終わらせておこうと思っていたのだが。そうだな。温かいものを温かいうちに食べられるのは平和な証拠だ。いただくとしよう」

遅めの昼食になってしまったのには理由がある。ユグロッシュ百足蟹の討伐を終え帰還した後、溜まっていた各種報告書や要請書を片付けることになったのだ。急ぎの書類はないとはいえ（ケイオスさんがきちんと終わらせてくれていた）、治水工事に砦の補強など調査を要する書類がちらほら見受けられた。アリスティード様が直々に視察に行かなければならないものには、領地を案内するという名目で私もついて行ったりもして。調査結果をまとめていたところ、時間が押してしまったのだ。

アリスティード様の向かい側に座った私は、ようやく昼食にありついた。ほかほかと湯気を立てる干し百足蟹のスープに、焼き立てのパン。モニガル芋と豚肉を混ぜて焼いたバララスという料理。ガルブレイスの料理は、本当に種類が豊富で素晴らしい。

「むっ！　百足蟹は干すとこのように旨味が増すのか……これは料理人たちに報奨を出さねばならんな！」

スープを口にしたアリスティード様が、夢中になって飲み干していく。討伐した後、参加したほぼ全員がお腹いっぱい食べてもまだ余っていた百足蟹を、レーニャさんが保存食にしてくれたのだ。氷漬けにしても生では三日ともたない百足蟹は、蒸しあげた後にガルバース山脈から吹き下ろしてくる風を利用して干し百足蟹として生まれ変わった。風を読み操ることが巧みな風人(かぜびと)であるケイオスさんが、その秘術を惜しみなく使ってくれたらしい。

「一緒に入っている白い根菜のようなものは、この間ミュランさんとアンブリーさんとゼフさんが採ってきてくださった魔草フィネロの芯なんです。面白い食感ですよね」

「あのウネウネとうねるフィネロか。スープがよくしみて美味いが、あの見た目でよく食べる気になったものだ」

意思を持っているかのようにうねる細く長い葉を持つ魔草フィネロは、真ん中に太く短い軸のような茎を持っている。葉から垂れる粘り気のある溶解液で主に虫を溶かし、それを養分にして育つのだけれど、ミュランさん曰(いわ)く「茎の中身が美味しそう」だということで持ち帰られたのだ。

芯は火を通すことで粘り気がなくなり、シャクシャクとした食感になる。独特の臭みなどもなく淡白な味わいなので、こうしてスープに入れたり濃い味の料理の付け合わせにしたりしても最適だった。

「冬でも採れる野菜は貴重です。フィネロは群生しているようなので、定期的に採取してもらう候補に入れてもいいでしょうか」

「悪くはないと思うぞ。いくら野菜嫌いが多いとはいえ、やはり冬の間は新鮮なものが恋しくなるからな」

「そういえば、マーシャルレイドより南にあるとはいえ、ガルブレイスでも冬は寒いのですね。特に風が冷たく感じます」

「ガルバース山脈の寒風は俺でも応えるからな。暖炉の火を絶やさないように言っておこう」

「ありがとうございます」

そう、北国育ちの私でもガルブレイスの冬も寒いと感じられた。しかし、砦の補強の調査ためアザーロ砦に赴いた時は、すっかり冬になっているというのに驚くほどに活気があった。平野部は滅多に雪が積もらないこともあってか、領民たちは外に仕事に出ることが多いようだ。雪深いマーシャルレイドでは家に籠もりきりで、滅多に外出しない（というか雪で外出できない）。それに屋内にいればずっと温かい。こうも頻繁に外に出て活動する機会がなかったので、実は少し風邪気味だということをアリスティード様には内緒にしている。

「メルフィ、マーシャルレイドの料理を作ってもらわないのか？」

私がバラクスを頑張っていると、アリスティード様がおもむろに聞いてきた。

「マーシャルレイドの料理ですか？　アリスティード様がお食べになられるのでしたら、料理人に作り方をお教えできないことはないですけれど」

マーシャルレイドの冬は、料理も保存食を中心とした煮込み料理がほとんどで、パンも自宅で焼いて食べる。ガルブレイスのように冬でも色々なお店が開いているなんてことはない。短い秋のうちに皆で手分けして大量の保存食を作ることになるので、私もその作り方は知っているのだ。

「いや……マーシャルレイドの料理が恋しくなっているのではないかと、そう」

アリスティード様が言い淀んだので、私はびっくりしてしまった。

「私、ガルブレイスの料理はすごく口に合うといいますか、毎日とても美味しくいただけております」

「う、む。それはよかった、が」

なおも歯切れの悪いその様子に、私はアリスティード様が本当に言いたいことがなんなのか考えてみる。

（まさか、風邪気味だとバレてしまった？　食欲は普通にあるし、顔色だって悪くないはずなのに）

私は元気であることを証明するため、バラスをもりもりと平らげると、残りのスープも飲み干した。決して、無理をして食べているわけではない。レーニャさんの考案した魔物を食材にした料理は本当に美味しいし、まだまだ食べてみたい魔物は山ほどいる。

「私としてはガルブレイスの香辛料を堪能したいのですが、マーシャルレイドの料理に使える魔物もいると思うので、おいおい考えておきますね？」

「そういう意味では……なかったのだが。まあ、気に入ってもらえて何よりだ」

「はい！　毎日の食事が楽しみで。ずっと食べられるなんて幸せです」

「幸せ、か」と呟いたアリスティード様は、香茶を口に含むと琥珀色の目を細める。その顔がなんだか嬉しそうだったので、私はアリスティード様に微笑み返した。

「腹いっぱいになると仕事どころではなくなるな」

香茶を飲み干し満足そうに呟いたアリスティード様が、執務机に置かれた書類にチラリと目を向ける。随分と片付いたので、あとは各砦からの討伐報告書と少しの依頼書だけになっていた（アリスティード様曰くどうでもいい手紙らしい）。

「でも、あと少し頑張ったら終わりそうですね。アリスティード様の集中力がすごいので、私も早く仕事に慣れてついていけるように頑張ります」

この分だと、今日明日で片付きそうな勢いだ。休暇中のケイオスさんは明後日に戻ってくる予定なので、きっとびっくりするに違いない。

私はアリスティード様の執務机の隣に置かれた椅子に座り、自分に与えられた作業を再開する。終わった書類を編綴し、文書官へと引き継がなければならないのだ。

（予算請求関係だけでもこんなにあるのだもの。財政が逼迫していると聞いていたけれど、これでも良くなった方だなんて）

魔物を討伐するには、人件費はもちろんのことかなりの費用がかかる。私の研究が広まって魔物の有効利用化が活発になれば、食糧費は随分と浮くに違いない。

ガルブレイスでは、税収に加え、討伐した魔物から得られる素材や狩猟協会からの益金がある。それだけではなく、他領からの魔物討伐依頼を請けて収益を得ていた。急ぎのものとそうでないものと、様々な書類を文書官の方たちと仕分けした私は、ガルブレイスの騎士たちが他領の魔物討伐に派遣されていることに驚いた。

（隣接する領地同士での共同討伐はよくあることだけれど、王国全土から依頼があるなんて知らなかった）

ラングディアス王国では、領地を持つ貴族たちはそれぞれ私設騎士団を持っている。領地内の治安は彼らを中心にして護られており、魔物の討伐も当然彼らが行う。

それとは別に、王国騎士団も存在する。彼らは王国全体の治安維持を任務とする他、直轄領や国境の砦に配置されており、領主の要請により戦力として派遣されることがあった。ガルブレイスほどではないけれど、その地方その地方で厄介な魔物というものが存在する。手に負えない魔物については、王国騎士たちに応援要請を行うのだ。北の国境に隣接するマーシャルレイドでも、駐屯している王国騎士の支援を受けていた覚えがある。

私は、王国西方の領地を治めるモントロン男爵からの依頼書に目を通す。そこには、狂化したザンドナーの討伐を依頼したいと書いてあった。ザンドナーは湿地を棲家（すみか）とする、ヒレのついた大きな前脚が特徴的な肉食性の中型魔獣だ。濡（ぬ）れた毛に苔（こけ）を生やしていて、水草に紛れるように擬態して獲物を捕獲するため、湿地を行く際は注意を払う必要がある。しかし、縄張りから滅多に出ないので、きちんと把握しておけば対処可能な魔獣のはずだけれど……。

（なるほど、狂化した雌の群れが湿地を出て村落の川辺にまで出没しているのね）

その数、把握されているだけで四頭。湿地帯では手強いとはいえザンドナーの動きは鈍い。訓練された騎士であれば恐れることはない部類に思えた。

また、美しい紫色の砂丘で有名なポワソン侯爵領では、海岸沿いの浅い海にハスクキュールが異常発生しているため、掃討作戦に参加してほしいとあった。この魔物は私の辞書にはないのでどのような見た目をしているのかわからないけれど、ガルブレイスの騎士たちがわざわざ行かなければならないようなものなのだろうか。報酬はそれなりにあるけれど、いかんせん領地までの距離がある。

「アリスティード様、この討伐依頼はお請けにならないのですか？」

各地から届く、似たような依頼書はすべて『その他』と書かれた箱に入れてある。私が尋ねると、アリスティード様が依頼書を持った私の手元をひょいと覗（のぞ）いた。

「ハスクキュールか。食べてみたいのか？」

「食べられそうな魔物なのですか⁉　あ、えっと、ではなくて、知らない魔物だったのでつい」

思わず食いついてしまった私を、アリスティード様が揶揄（からか）うような顔で見てくる。

「お前にも知らない魔物があるのだな。いや、そういえばマーシャルレイドに海はなかったのだったか」

「は、はい。あまり行く機会がなくて」

海も魔物の宝庫なので、私はいつか海辺の街に逗留して研究したいと考えている。なかなか実現するものではないけれど、お母様の資料も海の魔物についてはあまり詳しくは残っていないので余計に憧れがあるのだ。私の手から依頼書を取ったアリスティード様が、何かを思案するような顔になる。

「ハスクキュールは、ツルッとしたこぶし大の甲羅からブヨブヨとしたひだ状の触手が生えた見た目の魔物だ。うっかり触手に触れると雷撃を受けた時のように痺れるぞ？」

「そのような魔物が大量に発生したとなると、漁にも影響が出そうですね」

「多少はな。だが沖に出れば問題はない。ポワソン侯爵領は避暑地として成り立つ観光名所だ。冬は客も少なく北風が吹く海に客船を浮かべることはまずない。それにハスクキュールは冷たい海からの海流に乗って回遊する魔物だからな。放っておいてもいずれどこかへ去っていく」

なるほど。その理由であれば、わざわざ危険をおかして冷たい冬の海に討伐へ出向く必要はない。だからこの依頼書は『急ぎではないもの』の箱に仕分けられていたのだろう。

私が納得しかけたところに、アリスティード様が耳を疑う提案をしてきた。

「興味が湧いたのであれば研究がてら捕獲に行くか？　触手に触れないよう甲羅を摑めばメルフィでも容易く捕まえることができるぞ。ついでに討伐してやってもいいが、どうだ？」

（えっ、ついで？）

ポワソン侯爵領では討伐の依頼をしなければならないくらいに大量発生して困っているのだろうけれど、日々危険指定された魔物を狩っているガルブレイスにとってはついでで討伐できるものらしい。

「いえ、万が一海で事故に遭っては大変です！　冷たい水ほど危険なものはないですから」

「そうか。そうだな。海へ行くなら夏がいいな。それにハスクキュールよりチルやダスレッダのような魔魚の方が断然美味そうだからな」

一人うんうんと頷いたアリスティード様は、依頼書を『却下』の箱にポイッと放り込んだ。

「そっちの依頼書はなんの魔物だ？」

そう聞かれ、もう一枚の方、モントロン男爵領の狂化ザンドナーの依頼書を手渡すと、アリスティード様が眉をひそめる。

「こいつも狂化しているのか。最近やけに狂化した魔物の討伐依頼が増えているな」

「ベルゲニオンも狂化していましたし、ユグロッシュ百足蟹も狂化していましたね。ここではそれが普通なのかと思っていました」

「ガルブレイスは魔脈の上にある領地とはいえ、今年に入ってから相当数の狂化した魔物を討伐している。はっきり言って異常だ。他の領地でもそれは同じらしいが、十七年前にも似たようなことがあったからな……」

言われて、私とアリスティード様の出逢いは狂化したバックホーンに襲われたことがきっかけだったことを思い出す。それに私は、遊宴会から帰る途中にも狂化したヤクールに足止めをされてしまっていた。確かに、ここふた月強の間に出くわした数が多すぎるような気がする。

「あの厄災の時も狂化した魔物が大量発生したことを考えると、あまりいい兆候ではないことは確かだ」

そう言ったものの、渋い顔のアリスティード様はその依頼書も却下の箱に入れてしまった。

「たった四頭の狂化ザンドナーごとき自領でどうにかできるだろう。他領の騎士を頼らなければならないくらい脆弱な騎士しかおらんのなら話は別だが」

他の依頼書も似たり寄ったりの内容で、結局検討することになったのは、ボーソレイ子爵領で悪さをしているエジュロ高地猿（火を吹く猿）の討伐だけであった。

「こちらはお請けになるのですか？」

「ボーソレイは爵位を継ぐ前はガルブレイスで騎士をしていたのだ。あいつが依頼をしてくるということは、余程手に負えないのだろうな」

アリスティード様が呼び鈴を鳴らすと、文書官たちが部屋に入ってきて慣れた様子で却下の箱を運び出す。一体どうするのだろう。気になった私はアリスティード様を見上げる。

「あれはどうするのですか？」

「ガルブレイス狩猟協会に依頼として下ろすのだ。狩猟協会は、ガルブレイスの名を看板に掲げる以上下手な仕事はしない決まりだ。こういった依頼で俺の騎士たちが簡単に動くのだと舐めてかかられては癪だからな。まあ、矜持の問題だが」

依頼を請ける、請けないについては、私は騎士ではないのでよくわからない。でも、金を積めば厄介ごとを請け負うと思われるのも嫌な話だ。ガルブレイスの誇り高い騎士たちを下に見ているようで腹立たしい。そこでふと、お父様もガルブレイスに依頼をしたことがあるのか気になってしまった。

「あの、アリスティード様」

「どうした？」

「私の故郷、マーシャルレイドからも、その、依頼があったりするのでしょうか」

「マーシャルレイドから？　いや、知らんな」

「本当ですか？」

私に気を遣っているのではと訝しんだ私に、アリスティード様は本当に知らないという顔になる。

「本当だとも。北は俺たちとはまた違う種類の猛者が治める領地だ。魔物の討伐など自領の騎士で十分なのではないか？　マーシャルレイド、ゲーリンヘルダ、ニルローレンの三伯爵家は北の国境の要だろう。この間も感じたが、マーシャルレイドの騎士たちはよく訓練されていると思ったぞ。特にあの騎士長は相当な手練れだな」

それはあのクロードのことだろうか。騎士たちは皆、厳しい寒さに負けない屈強な身体を持っているけれど、行動を共にすることはほぼないので『手練れ』なのかどうかわからない（でも、魔物の捕獲をお願いしたらいつもきちんと持ってきてくれていた）。それに私は研究棟に入り浸る日々を送っていたし、シーリア様がマーシャルレイドの女主人になってからは領地経営などから遠ざけられていたので、自分の領地のことながらあまり詳しくは知らないのだ。でも言われてみれば、お父様はバルトッシュ山によくお出かけになって訓練をしていたし、軍馬の飼育に関しては異常に充実していたように思える。

（自領のことも知らないなんて、貴族の令嬢として失格だわ……こんなことではアリスティード様を支えることなんてできない）

私は、自領のことや貴族のなんたるかという常識を知らないことに急に不安が込み上げてくる。世の御令嬢たちは結婚までの間にどのような教育を受けているのだろうか。せめて一人や二人くらい友人関係を結んでおいた方がよかったのかもしれない。

「アリスティード様……私、私、自信がありません」

床に目を落とした私に、アリスティード様が焦ったように手を握ってくる。アリスティード様の手の温もりに、鼻の奥がツンとしてしまった。

「ど、どうした、メルフィ？　マーシャルレイドが恋しくなったのであれば、雪が溶ける頃に一緒に行こう」

「いいえ、故郷が恋しくなったわけではないのです。私、もっとたくさん知るべきことが」

風邪気味だからだろうか。いつものように前向きに考えられないどころか、感情が揺れ動いてもどかしい。私がスンと鼻をすすると、アリスティード様が大きな身体で私をすっぽりと包み込んでくれた。

「焦らずともいい。不安なことは不安だと教えてくれ」

アリスティード様の低い声がとても心地よく響く。そっと胸に顔を寄せた私は、返事をする代わりに頷いた。

「お前の胸の内はお前にしかわからないものだ。だが、お前は一人ではない。メルフィ……」

アリスティード様がポンポンと優しく背中を叩いてくれて、その規則正しい振動が私の心を落ち着かせた。感傷的になったのは本当に久しぶりで、だんだんと恥ずかしくなってくる。涙が滲んだ目を手で擦り、そろそろ離れようと思ってアリスティード様の胸から顔を上げたところ。

（……あれは？）

目の端に映った何かが気になり、私は壁の方を向いた。見ると、上品なリドリア様式の深い青色の壁紙に、縦に一本、不自然な隙間が空いているような気がする。

（なんでしょう）

壁紙の継ぎ目かと思えたけれど、その隙間が徐々に開いていっているような錯覚を覚えて、私はジッと目を凝らす。

「どうした、メルフィ」

「あの、壁が」

私の様子を訝しんだアリスティード様が、私の視線の先に目を向ける。ただの隙間ではなく、何か見られているような気もしてきた。すると、アリスティード様が盛大な溜め息をつき、壁に向かって低い声を出す。

「ケイオス、そこで何をしている」

（えっ、ケイオスさん？）

私がアリスティード様と壁の隙間を交互に見ると、アリスティード様が私を壁から隠すようにして背中を向けてしまった。

「さっさと入れ」

「いや、まあ……お邪魔になるかと思いまして」

するとここにはいないはずの人の声がして、それは本当にケイオスさんの声であった。それと共に、古代魔法語を用いた独特な魔法陣が壁に浮かび上って淡く光り出す。アリスティード様の身体で全体がよく見えなかったけれど、確かにぽっかりと空間が開いている。どうやら、ミッドレーグの至るところにある魔法の隠し扉のひとつのようだ。

「ただいま戻りました」

壁の隠し扉から姿を現したのは、休暇中のケイオスさんであった。帰ってきてそのままここに来たのか、まだ騎乗の際の装備を付けたままだ。

「お、おかえりなさいませ。ケイオスさん」

慌ててアリスティード様の懐から抜け出した私は、気恥ずかしさもあって少し離れて立つ。目は赤くなっていないだろうか。ほんのちょっぴり泣いてしまったことがケイオスさんにバレてなければいいのだけれど。

「わがままな閣下の『お守り』をありがとうございました、メルフィエラ様。お疲れになられたでしょう」

「いいえ！　とてもお利口さん……あっ、えっと」

「お利口さん」

ケイオスさんから「お守り」と言われて、ついマーシャルレイドで異母弟のルイの遊び相手をしていた時のように答えてしまった。ケイオスさんは「お利口さん」と繰り返しながらニヤニヤと笑っているし、アリスティード様の方を見ると憮然（ぶぜん）とした顔になっている。

「ご、ごめんなさい」

「謝罪なされることなどございません。お利口さんな閣下など、私は幼少の頃以来見たことがありませんので」

実はケイオスさんが休暇に入る前、私は「くれぐれも仕事をさぼらないように見張っていてください」とアリスティード様の見張りをお願いされていた。以前に話していた通り、私は書類仕事もするつもりでいたし、ケイオスさんはそれについては大賛成だったのでちょうど良い機会だったのだ。実際は私が見張らずともアリスティード様はとても熱心に視察に向かわれた（それはついて行った私も見ていたので確かだ）し、書類だって粗方終わってしまっているのだけれど。

「煩いぞ、ケイオス。報告があるならさっさとしろ」

ムスッとした顔になったアリスティード様が、ケイオスさんに向かって手を差し出す。そうだった。ケイオスさんは明後日までお休みと聞いていたのに。

ケイオスさんが私をチラリと見る。話の邪魔になるのではと部屋から退出しようと思った私に、アリスティード様がスッと近寄って手を握ってきた。どうやらここにいろということらしい。

「早くその懐のものを出せ」

「よろしいのですか？」

「いいも悪いもあるか。メルフィエラはいずれ俺の代理となるのだぞ？　その手の厄介事にも対処してもらわねばならんだろうが」

「それは重々承知しておりますが……」

アリスティード様に促され、歯切れの悪いケイオスさんが懐から黒地に赤の模様が入った筒を取り出した。それはいわゆる『書状筒』と言われる手紙を入れるもので、公文書などをやり取りするために使われている。筒は中に入っている手紙や書状の内容により、色使いや装飾などで様々な意味を持たせてあるのだ。

（黒に赤……なんだか危険な感じがする）

黒一色は訃報を伝えるものだ。だからあまり黒を使った筒を見ないのだけれど（ちなみにアリスティード様がお父様宛に送ってくださった筒は金色で、それは豪華で慶事用の装飾が施されていた）、赤の模様付きは見たことがない。

アリスティード様は書状筒を受け取ると、魔法で施された封印を破って手紙を取り出した。紙の色は白いけれど、文字が赤く光っているようにも見える。

「陛下直々の緊急討伐要請とは久しぶりだな。獲物は何だ？」

「狂化したラグラドラゴン一頭とその他複数の狂化魔獣です。場所はパライヴァン森林公園。ラグラドラゴンによる人的被害は今のところありませんが、相手は羽がありますからいつ人里に来てもおかしくはないかと」

狂化したラグラドラゴンとは一大事だ。なるほど、王領にあるパライヴァン森林公園は秋の遊宴会の会場でもあるけれど、平時は一般開放もされている人気の場所だ。今は雪が積もり始めた頃だろうから、雪遊びに興じる貴族たちもいるはずである。近くの人里はそうした貴族たちの逗留地にもなっているので、もしラグラドラゴンが人里を目指せば非常に危険だ。しかも他にも狂化した魔物がいるとなると……。

「ほう、ラグラドラゴンか。それは俺が呼ばれても仕方ないな。ケイオス、戻って来て早々悪いが至急編成を組み準備に入れ」

「それは既にミュランに任せております」

「気温はどうだ？」

「既に寒さが増しておりますので、グレッシェルドラゴンは往復だけにすべきかと」

「現地の移動手段は馬になるか。王国騎士の軍馬であればドラゴンにも慣れてはいるだろう」

国王陛下直々の緊急要請だというのに、アリスティード様もケイオスさんも慣れた様子でどんどん話を進めていく。私はただ聞いているだけしかできなくて、こんな時にどう動けばいいかわからない。

「早ければ今夜、遅くとも明日朝には出発する」

「わかりました。が、我々はそれでいいとして」

ひと通り打ち合わせを終えた二人だったけれど、ケイオスさんが、先ほどよりもさらに言いにくそうにして私を見てくる。

「大丈夫です！　狂化したラグラドラゴンが食べたいなどと無謀なことは言いませんから！」

狂化していなければあわよくば、とも考えないこともないけれど、今はそんなことを言っている場合ではない。勢いよく告げた私に、ケイオスさんが気まずそうな顔になった。本当に珍しいこともあるものだ。ケイオスさんは打てば響くような敏腕補佐官で、いつも無理難題をテキパキとそつなくこなす騎士なのに。

「いえ、ラグラドラゴンだろうがなんだろうが、仕留めて持ち帰ってくるのは可能なので問題はないのですが」

「そうだぞ、メルフィ。尻尾などどうだ？　魔毒を抜き出す実験にも使えるだろう」

「閣下、尻尾と言わず……ではなくてですね。その、もうひとつ、あの……ご報告が」

「なんだケイオス。まだ何かある……いや待て、言うな。わかった、俺は何も聞いていない」

　ケイオスさんの様子にアリスティード様は何かピンと来たみたいだ。私には何がなんだかさっぱりわからないけれど、握られたアリスティード様の手から汗が滲んできているのであまりいい話ではないのかもしれない。

　完全にケイオスさんからそっぽを向いてしまったアリスティード様に、ケイオスさんが溜め息をつく。

「はぁ……そもそも閣下があの御方への報告を放棄するからこんなことになるんですよ」

「煩い。嫌な予感しかせん。何も言うな、ケイオス」

「はいはい、言いませんよ。私は、ね」

　ケイオスさんはもう一度懐へ手を入れると、今度は可愛らしい薄紅色の翅を持った蝶を取り出した。

「実は討伐要請とは別に、直々のお手紙を賜っております。メルフィエラ様に」

「わ、私に？」

　その蝶はケイオスさんの手から離れて、キラキラと光の粒を撒き散らしながら私の方へと飛んでくる。魔法の手紙らしいそれは、私の周りをヒラヒラと飛び回った。

「メルフィ！　その蝶に触れてはならない、悪い魔法だ」

つい手を伸ばしてしまった私を、アリスティード様が引っ張って蝶から遠ざけようとする。

「ですが、すごく美しい魔法だと……」

「そうやって油断させるのが敵の常套手段だ」

「えっ、て、敵⁉」

敵と聞いて慌てて手を引っ込めようとしたけれど、少し遅かった。私の指先にピタッととまった薄紅色の蝶が、ゆっくりと翅を閉じる。そしてその蝶から聴き慣れない声が聞こえてきた。


『やあ、マーシャルレイド伯爵家のメルフィエラちゃん。はじめまして、君の新しいお兄様になるマクシムだよ』


マクシムとはラングディアス王国の当代国王陛下にしてアリスティード様の実のお兄様のお名前だ。私はびっくりして指先の蝶に注目する。国王陛下のお言葉なんて、社交界デビューを果たしたその日に拝聴したくらいで、ましてやお声なんて覚えていない。そんな国王陛下のお茶目な明るい声に対し、アリスティード様の喉から唸り声と「この非常識め」という低い声が響いてくる。ということは、このお声は国王陛下のお声で間違いないらしい。

『何の準備もなしに君を連れ去った無作法な弟でごめんね。不自由はしていないかい？　お詫びにお兄様が色々と準備をしておいたから、顔見せついでに取りにおいで。アリスティードが森に入っている間、お兄様のところに滞在してくれたら嬉しいな。そうそう、君のお姉様になる人も、可愛い妹に会えるのを楽しみにしているよ』

「このクソッたれが‼」

すごく強い言葉を放ったアリスティード様に、私はびっくりして首をすくめる。

「す、すまないメルフィ。お前に言ったのではないのだ。この愚兄があまりにもあほうなことを抜かすのでな」

そう言うと、まだ何かあったはずなのに、アリスティード様が薄紅色の蝶を握りつぶしてしまった。型式張った手紙ではないにせよ（というかかなり私的な話のようないたずらのような）、国王陛下のお言葉だ。

「よろしかったのですか？」

「単なる嫌がらせだ。気にするな、メルフィ」

アリスティード様がそう仰るのであれば、私としては何もない。いつかアリスティード様のお兄様に一言もの申したかったけれど、仲が良さそうな雰囲気はわかったのでなんとなく安心する。

「閣下……そうなるだろうと思って一応、手紙も預かってきました。今のところ命ではありませんが、断るとメルフィエラ様の召喚も致し方ないとは国王陛下の言です」

疲れたような様子のケイオスさんが、今度は本当の手紙を取り出してくる。白い封筒に、ラングディアス王国の紋章による封印がなされたそれに、アリスティード様の魔眼が炸裂（さくれつ）した。

◇

◇

屋敷の地下深くにそれはあった。

剝き出しの地面の中央には、魔鉱石を磨いて敷き詰めた祭壇がある。そこには巨大な魔法陣が描かれており、十七年間変わらず作動し続けていた。

「異常はないかい？　シーリア」

魔法陣の傍には、煌（きら）びやかとも呼べる装いの妻――シーリアが佇（たたず）んでいる。彼女がまとっている濃紺の外套は、金糸で複雑な模様が縫い取られていた。キラキラと輝く石を幾つも身につけた彼女は、私を振り返ると静かに一礼する。

「旦那様、今のところ魔法陣に問題はありません」

「そうか。最近、狂化魔物が出現する頻度が増えているからね。君の魔法が安定しているとはいえ、あの時のようにならないか心配だよ」

私がそう言うと、淡々としていたシーリアの顔がわずかに曇る。

「大丈夫です、ご心配にはおよびません、旦那様。私は『フォレスティア』の魔法師です。この魔法陣を扱えないわけがありません」

私を見据えるようにして顎を上げたシーリアの耳飾りがキラリと光る。再び魔法陣を見据えた彼女が右手を前に突き出すと、魔力に反応した魔晶石の装飾品が一斉に輝きを放ち始めた。

フォレスティアの魔法師。それは王都の魔法学術院を首席で卒業した者に贈られる称号だ。私の前妻であるエリーズもフォレスティアの称号を持った魔法師であった。

私はシーリアの隣に立つと、淡い光を放つ魔法陣を見つめる。

「私が心配なのは君自身だよ、シーリア」

「旦那様……？」

私がシーリアを見下ろすと、彼女は少しだけ眉を寄せて困惑したような顔をした。シーリアのそんな表情に、今は亡きエリーズの姿が重なる。

『大丈夫よ、心配しないで。確かに魔脈の流れを正常に戻すって危険なことよ。でも、魔法師の血が騒ぐというか、私って根っからの研究者なんだなって再確認しちゃった』

あの時、先代国王陛下からの密命を受けたエリーズは笑いながらそんなことを言っていた。元々魔法学術院で魔鉱石や魔晶石を人工的に作り出すという研究をしていたエリーズは、その研究を応用して魔脈を制御する魔法陣を完成させたのだ。エリーズがよく言っていた「大丈夫」も「心配ない」も、まったく大丈夫ではなかったことを思い出す。

「少しでも身体に負担がかかったら休息を取るんだよ。私は魔法師ではないから、君の言う『大丈夫』がどこまで本当なのかわからないんだ」

身ひとつで魔法を使っていたエリーズに対し、シーリアは身につけた魔晶石の補助具を利用して魔法を使っていた。身体への負担は減るとはいえ、魔脈に触れることによる魔力の暴走の危険は常にはらんでいるのだ。

同じフォレスティアの称号を持つ魔法師であったエリーズに、シーリアが複雑な感情を抱いていることもわかっている。魔法師ではない私でも、エリーズが天才の名をほしいままにしていた魔法師であったことを知っているから。シーリアは貴族としての矜持を保つために、陰で努力していることを絶対に表には出さない性格だ。彼女の完璧とも呼べる装いは、その意志の表れでもある。そしてもうひとつ、魔法師としての矜持はバルトッシュ山よりも高かった。

「私は魔法師です。王命を受け、この魔法陣のためにマーシャルレイド伯爵夫人になったのです。旦那様、私は」

「シーリア。私は君の意志の強さにいつも感服しているけれどね。その少し不器用なところも好ましく思っているよ」

美しく化粧を施し、いつもツンと澄ました顔のシーリアが、呆気(あっけ)に取られたように弛(ゆる)む。

「メルフィエラから手紙が届いたんだ。公爵閣下は随分と甘やかしているようだね。研究部屋までもらったと書いてあったよ。シーリア……あの子が自由に研究できるのも君のおかげなのだと、もうそろそろ正直に伝えてもいいかな？」

家のため、しいては国のためとなる婚姻を結ばざるを得なかった私たちではあるが、シーリアは努めて真面目に魔法師としての役目を果たしてくれていた。そう、メルフィエラが研究に没頭している間ずっと。

「わ、私はメルフィエラさんにとって他人でしかありません！　そ、そういうお気遣いは結構です。それに、研究にかまけて貴族としての責務を果たそうとしなかった彼女には、私も思うところがありますので」

そう言って俯いてしまったシーリアに、私はまだ早かったかと一度考え直すことにした。そもそもシーリアとメルフィエラの確執については、私がはっきりとした態度を示してこなかったことが原因なのである。様々な思惑はあれど、先代国王陛下の命令で後妻としてシーリアを受け入れ、メルフィエラを貴族社会から、この忌まわしき魔法陣から遠ざけたのは私なのだから。

（やはり近々メルフィエラには真実を伝えておかなければ）

メルフィエラがようやく見つけてきた婚約者がガルブレイス公爵閣下であったのは、もはや運命なのかもしれない。幸いにして、現国王陛下はとても英明な君主であり、公爵閣下の血の繋がった兄君である。先代国王陛下がマーシャルレイド伯爵家に与えた密命も当然のことながらご存じであられるだろうし、もしかしたら娘の婚約は仕組まれたものであるかもしれない（公爵閣下のご様子だけ見れば、娘に惚れたなとしか言いようがないものであった）が。

「シーリア、ほどほどにしておくんだよ。ルイのお昼寝の時間も終わる頃だから、一緒にお茶にしないかい？」

「わかりました、旦那様」

私はもう一度シーリアに無理をしないように念を押し、娘宛てに手紙をしたためるため地下室を後にした。

# 番外編
## 苦労性補佐官はかく語りき３

「ケイオス、今から十日間ほどゆっくり休んでこい」

　朝、閣下の執務室へと報告書や陳情書を届けに向かった私は、妙に浮かれ顔の閣下からそう言い渡された。

「は？　休み？　魔物の討伐が一段落したからといってやることはそれだけではないのですが？」

　私が片眉を上げると、閣下は私の手から書類の束を引き抜く。

「冬は始まったばかりで急ぎの仕事もとりわけないだろう」

　そう言って閣下は書類をチラッと見ただけで全て書類箱の中に放り込んでしまった。

　ガルバース山脈から吹き下ろしてくる風が冷たさを増し、ガルブレイスにも冬が到来した。魔物たちがエルゼニエ大森林の奥深くに潜る今の季節、討伐任務の頻度は格段に減る。そして閣下が仰るとおり書類の案件はどれも急ぎではない。しかし春が来ればまた忙しい一年が始まるのだ。今のうちに準備しておくことが山ほどあることは、閣下も十分にご承知されているはずである。

「閣下、後回しにしていては後から困るのは閣下だと……」

「まあ待てケイオス。メルフィがかなり優秀でな。さすがは研究者、書類の要点をまとめるのはお手のものだぞ」

なるほど、閣下の余裕はメルフィエラ様のお陰であったようだ。メルフィエラ様をガルブレイスに留め置くための建前『公爵夫人教育』なるものは今のところ何もないので、メルフィエラ様はガルブレイスの現状と役割を勉強する傍ら閣下の仕事のお手伝いをなされている。書類を読み込み、わかりやすく要点をまとめて閣下にお伝えするという地味だが大変で大切な仕事を、メルフィエラ様は難なくこなされているらしい。

「ということで俺はこれから領内を案内がてらメルフィと視察に出る」

閣下がばさりと音を立てて外套を羽織る。

「はあ、案内がてらの視察ですか」

メルフィエラ様と視察にお出かけになるとは初耳だ。ふと見れば執務机には厚手の手袋や雑嚢袋が置かれている。外出準備は万端といったところか。

（ふむ、真面目に視察なされるのであれば……）

私は少し思案する。視察も重要な仕事のひとつである。メルフィエラ様がご一緒なされるのであれば護衛のブランシュ隊も動くだろうし、今の季節は魔物の動きも鈍く大森林から滅多に出てこない。

「閣下、ちなみにどちらへ？」

「リエベール砦だ。農地拡大計画を早めることにした。草が枯れている間に新たな用水路を引く土地を焼き払うつもりだ」

「ザカリー砦長のところですか。それならば私も」

リエベール砦の砦長ザカリーは優秀な魔法師だ。ちょうど良い。ミッドレーグの魔法師長であるオディロンからの無理難題を解決するために協力願おう。そう考えて私も視察に同行しようとしたところ、

「却下だ。お前はこれから休暇だからな。異論は認めんぞ。お前が先に休まねば他の騎士や文書官たちも気兼ねなく休むことができんではないか」

腕組みをした閣下から却下されてしまった。しかも部下たちの休みの件まで持ち出されては分が悪い。

「……嫌なところを突いてきますね」

「お前は去年もその前も冬になると仕事漬けだっただろう。俺は適度にさぼる……んんっ、休むことを知っているが、お前は融通がきかないからな」

騎士たちは冬になると交代でまとまった休暇を取る。いつもであれば私はあれこれと溜まった業務を片付けてしまうのだが、今年はどうやら強制的に休暇をねじ込まなければならないようだ。もっとも、閣下からの命令であれば私は強く反論もできないが。

「いやしかしですね、閣下」

それでも決めかねていた私であったが、メルフィエラ様が内扉を使ってひょっこり顔を覗かせた

ことに気づいて言葉を切る。

「ケイオスさん、お疲れ様です。急ぎのお仕事ですか？」

メルフィエラ様も閣下と同じように外套を羽織られているので、このまま視察とやらにお出かけになるのは決定事項なのだろう。

「いや、ケイオスは今から休暇に入るそうだ。久々のまとまった休みだからな、疲れを癒してもらいたいものだが」

「そうなのですね！　ケイオスさんには最初から頼りっきりで、私のせいできちんとお休みも取れなかったのでしょう？　アリスティード様としっかり視察して参りますので、ゆっくり身体を休めてくださいね？」

と、駄目押しされてしまった。でもまあ、メルフィエラ様が閣下の執務を覚えてくださるのは私の念願でもある（閣下は隙あらば外の仕事にかまけてしまう）ので、いい機会ではある。

「お前に倒れられては俺が困る。後のことは俺に任せておけ」

などと、したり顔で言い放った閣下には若干腹が立つものの、メルフィエラ様の純粋なお心遣いをむげにするわけにはいかない。

「わかりました。閣下のご命令どおり休暇に入ります」

こうして久しぶりに長期休暇を取ることになってしまった私であったが、初日から暇を持て余していた。

（いきなり十日間も休めだなんて言われても）

最近は侍女頭をしている母とも顔を合わせる機会が増えたため、ラフォルグ家に帰っても特にすることもない。読みたい魔法書もなければ、没頭できるような作業もない。

（……日々の鍛錬以外にやることがないなんて！）

なんということだろう。閣下の補佐官である私は、実は仕事を取り上げられてしまうと何もすることがない無趣味な男だったのである。

（まあ、久しぶりに一人で静かに過ごすのもいいかもしれませんね）

とはいえ、城塞の中に与えられた自室にいても落ち着かず、とりあえず空腹を覚えた私は食堂へと向かう。すると厨房（ちゅうぼう）には何故かアザーロ砦長のヤニッシュと小厨房長レーニャの姿があった。

「あっ、ケイオス補佐！　いいところに来てくださいました」

レーニャがカチコチに凍ったゴツゴツとした物体を手に私を呼ぶ。それはよく見ると、件の魔物の肉であった。

「そ、それは！　ユグロッシュ百足蟹（ひゃくそくがに）ではありませんか！　なるほど、茹（ゆ）でる前に凍らせたのですね」

来年まで食べることができないと思っていた百足蟹の登場に、私の心は浮き足立つ。そんなわくわくとした気持ちが外に漏れ出てしまっていたのだろう。レーニャが小さく笑い声をあげた。

「ケイオス補佐は本当に百足蟹がお好きなんですね！」

「ええまあ、毎日食べたいと思うくらいには」

百足蟹は魔獣肉と違って日持ちがしないので、まさか生の百足蟹を氷漬けにして持ち帰っていたとは思わなかった。私があまりに物欲しそうな顔をしていたのか、ヤニッシュがニヤニヤと嫌な笑みを浮かべてこちらを見てくる。

「ちょうどいいところに来たな、ケイオス。今からこの百足蟹を干し蟹にしてみようと思っていたところでよ。お前も協力しろ」

「は？　それを干し蟹に？」

聞けば、蒸し焼きにして凍らせた百足蟹を解凍して干し蟹にすると風味が損なわれるそうだ。ならば生の百足蟹を凍らせたものを茹で、そこから干し蟹にしてみようと思いついたらしい。

「山脈から吹き下ろしてくる風は冷たいから、干し蟹作りに最適だと思うんですよ。腐る心配もありませんし」

凍った百足蟹を水に浸していたレーニャが、今度は沸騰したお湯が入った大鍋に放り込む。見る見るうちに赤く茹で上がっていく百足蟹に、私の空腹は最高潮を迎えていた。

「このままでも美味いけどよ、その日のうちに食ってしまわなきゃなんねぇだろ？　干し蟹にできればいい備蓄にもなるしな」

「そうですね。せめて冬の間の備蓄食糧にできればいいとは思いますが……」

「問題は、干し蟹にするためのいい風が毎日吹くわけじゃねぇってことだ。風の強さもまちまちだしよ。そこでだ、お前なら風に詳しいだろ、ケイオス」

ヤニッシュがニヤリと笑う。確かに私には風魔法を得意とする部族の血が流れている。『風人（かぜびと）』と呼ばれる部族は、風を読んだり風魔法を操ったりすることに優れており、私の右目には風の道が見える魔法が秘められているのだ。

「なるほど、安定して風が吹いている日に作りたいということですか。私の風魔法なら一定の風量と温度に保てますので、やってみる価値はあるかと」

「さすがだな、頼りになるぜ。んじゃ、手伝っていけよ」

私の言葉に顔を輝かせたヤニッシュが、さっそく茹で上がった百足蟹の身をほぐし始める。

「でもヤニッシュ砦長、ケイオス補佐もお仕事が」

申し訳なさそうにして私を見たレーニャに、私は微笑んでみせる。

「大丈夫ですよ、レーニャ。私は今休暇中ですので時間はたっぷりあります」

「はあっ⁉　お前も休暇とか取るのかよ」

心底驚いたという顔を向けてきたヤニッシュが、「やべぇ、明日は大雪が降るぜ」と訳の分からないことを言い始める。

「なんですか失礼な。私だって休みますよ。それと平野部はまだ雪は降っていませんし、明日は晴れです」

私は茹で上がった百足蟹の脚を摑み、バキリと半分に折って中身を出した。熱々でプリプリの身がたまらなく私を誘っている。干し蟹にする前に一本いただけないだろうか。

「ま、お前が休まねぇと部下も休めねぇもんな。ならお前は今暇ってわけだ」

「……暇といえば暇かもしれませんね。十日ほど休みを取るように命令されたばかりなので、特にすることもありませんし」

「よし、暇だな。んじゃ、この後ちょっと俺に付き合えよ」

「は？　何故私が貴方と」

「救済院のガキ共に食糧を運ぶんだよ。あそこの路地は地走りが入れねぇから人手がいる」

ヤニッシュが百足蟹を剝く手を止め、食堂の隅に山積みになった木箱に目を向ける。モニガル芋や穀物の絵が描かれているので、それなりに重そうだ。

「ああ、救済院に行くのですか。それなら早く言ってください。すぐに着替えてきます」

「あ、お前はそのままでいいぞ」

「荷物を運ぶのでしょう？」

「炎鷲で荷を下ろしてもらいたくてよ。なにせあの木箱のほとんどがアンダーブリックの肉だ。重すぎて人の手じゃ運べねぇんだよ。ゼフのドラゴンだけじゃ何往復もしなきゃなんねぇし」

「は……アンダーブリック？」

まさか魔物肉まで準備されていると知った私は、ヤニッシュの正気を疑った。ここの食堂では普及しつつある魔物肉も、街中ではまったくといっていいほど普及していない。というか、城勤めの使用人たちや騎士の奥方たちからそれとなく噂が洩れている程度なのだ。

「ヤニッシュ、貴方ね。まさかあの子たちに魔物肉を食べさせるおつもりで？」

「まぁな。昨日俺とゼフが救済院に顔を出した時に話題になってよ。美味かったと自慢したらガキ共が食べたいと騒ぎ出したもんだから、閣下に了承を貰って姫さんに下処理を頼んだんだよ」

時期尚早ではないだろうか。そう懸念した私だったが、遅かれ早かれ魔物食を普及させなければならないと考え直す。大人は魔物食に偏見を持つ者も多いが、子供は正直だ。魔物食が美味しいとわかればあまり抵抗なく食べてくれるだろう。

「救済院の院長も了承されたので？」

「おう。おっさんも興味津々だったぜ。ばあさんの方は呆れてたけどよ。ま、美味けりゃ関係ねぇよ」

「ヤニッシュ！　ドラゴンの準備ができた……ってケイオス補佐。百足蟹のつまみ食いですか？」

いつもより砕けた服装のゼフがヒョイっと顔を覗かせる。言うに事欠いてつまみ食いとは心外な。

「これは干し蟹にするんですよ。ああ、風魔法を調整したら私も荷物運びを手伝います」

「炎鷲を出してくれるんすか？　子供たちが喜びます」

ヤニッシュもゼフも、身寄りのない子供たちが暮らす『救済院』出身だ。騎士になってからもこうして子供たちのことを気にかけてくれており、面倒見のよさは救済院の子供たちのお墨付きであった。

「よし、さくさく蟹を処理するぜ」

「それもですが、少々お腹が空いておりまして。レーニャ、手伝いが終わったらこの脚を一本食べてはダメでしょうか」

「えっ、う、うーん、一本くらいなら……」

「なんだ、やっぱりつまみ食いじゃないすか」

私とヤニッシュ、レーニャに加えてゼフも作業に加わってわいわいやっていると、アンブリーもやって来た。私はつまみ食いをするようなせこい男ではないというのになんという言い草。

「あれ？　荷物を運び出すって聞いていたけど百足蟹のつまみ食い？」

「アンブリー、つまみ食いじゃありません。下処理の手伝いの報酬です」

「あーっ、いい匂いがすると思ったら！」

「百足蟹だ！」

アンブリーも加わり下処理作業をしているうちに、暇な騎士たちが集まってくる。

「こらっ、手伝いもなしにつまみ食いは許しませんよ！」

わいわいがやがや、食堂はいつのまにか大賑（おおにぎ）わいになってしまった。

（静かに過ごす休暇にはいささか騒がしい始まりになってしまいましたが、まあ、こういうのもあ

りですね）

休暇初日、十日間も何をすればいいのか悩んでいた私は、思いの外充実した時間を過ごすことが出来たことに満足したのだった（ついでに私のお腹も満たされた。百足蟹はやはり至高）。

作者の星彼方（ほしかなた）です。

この度は、『悪食令嬢と狂血公爵3～その魔物、私が美味しくいただきます！～』をお読みいただきありがとうございます！

新天地ガルブレイス領へと到着して早々に訪れたピンチを乗り切り、無事天狼（てんろう）親子を助けたメルフィエラはミッドレーグの城下街に出かけることになりました。しかもアリスティードと二人きりでの嬉し恥ずかし初デート！　自前の刃物を持って、仲良く手を繋いで向かう先は憧れのルセーブル鍛冶工房。だったのですが……？

ついにメルフィエラが討伐遠征に向かうことになりました。ガルブレイス公爵領は本拠地のミッドレーグを含めた十二の砦を構えており、新しい登場人物は曲者揃いの砦長（とりでちょう）たちとなります。引き続きイラストを担当してくださったペペロン先生が、またまた私好みの素晴らしいデザインを描き起こしてくださいました！　いつも無理難題を聞いてくださるペペロン先生は神です。まずは表紙。野営ですよ。星空と薪の火のコントラストが美しい類い稀な表紙です！　カラー口絵にはミッドレーグの町娘に扮するメルフィエラと憂い顔のアリスティードが。相変わらず閣下は色気が溢れていらっしゃる！　前回は華やかな女性騎士でしたが、今回は屈強な猛者（もさ）が中心となっています。幼少期のアリスティードのお目付け役を務めていた騎士や、訳あり眼帯狂戦士も出てきます。

メルフィエラが挑む次なる食材もとい魔物は、固有種であるユグロッシュ百足蟹（ひゃくそくがに）。そういえばちょうど良いタイミングで某蟹好き補佐官からの手紙が届いていますのでご紹介します。

『この度は、数ある観光名所の中からガルブレイス公爵領にご興味を抱いていただき誠にありがとうございます。

今の季節は春。ラングディアス王国では木々が芽吹き、社交界が始まる季節となりました。こちらの気候も穏やかになり、過ごしやすい日々が続いております。しかしながらガルブレイスではエルゼニエ大森林の魔物たちが子育てをする時期です。魔物たちが大森林から平野部に頻繁に出てくるため、騎士たちが総力を挙げて人の居住区への侵入を阻止している最中です。皆様が安全にこちらに訪れるのは少々難しいかもしれません。狙い目は魔物に襲われる危険が低い冬になります。こちらはある程度南に位置する領地のため寒さもそれほど厳しくなく、初冬にはアザーロ砦に飛来するパウパウの大群勢やユグロッシュ塩湖に棲息する百足蟹が産卵時期を迎えるなど、他にはない光景や珍味が堪能できることでしょう。

現在、ガルブレイス公爵家では安全安心に魔物食を食べられるようにする研究が進められております。いくつかの種類の魔物は定期的に供給されるようになってきました。

特にユグロッシュ百足蟹は、王城の晩餐会でも定番の虹蟹(にじがに)よりも味が濃厚で、蟹肝と絡めるとどんな蟹料理より最高のひと品になり得ると断言いたします。蒸し焼き、釜茹で、焼き蟹とそれぞれ違う食感も楽しめますので、魔物食をご希望の際は是非お申し出ください(季節の食材ですので冬以外にお越しの際は干し蟹となりますことをご了承いただきたく思います)。

ミッドレーグ観光協会を通じてお申し込みいただきますと、ミッドレーグ城塞の食堂でのご昼食と城壁外の散策中は騎士の護衛付きという特典もございます。

皆様の記憶に残るご旅行となるよう尽力いたしますので、是非ともご検討いただきたく存じ上げます。

ガルブレイス公爵家筆頭補佐官ケイオス・ラフォルグ』

なるほど、ガルブレイス公爵領にも観光協会があるのですね。辿り着くまで危険な旅路になりそうですが、騎士の護衛付きなら考えてみようかな（笑）。一度でいいのでミッドレーグ城塞都市に行ってみたいものです。そしてあわよくばグレッシェルドラゴンや炎鷲に乗ってみたいし、ロワイヤムードラーの串焼きを食べてみたい。

それにしてもさすがは食い意地が張った辛辣補佐官。ユグロッシュ百足蟹の味には大満足のご様子ですね（笑）。百足蟹はアレルギー物質もない安全（魔力は抜かなければなりませんが）な食材と聞いておりますので、冬のガルブレイスを訪れた際は皆様是非蒸し焼き百足蟹をご堪能ください！

そして水辺チカ先生が担当してくださっているコミックス版ですが、一足先に発売となり、五巻目となりました！　もう五巻、早い！　そして相変わらず表紙が見惚れるほどに素晴らしい！　いつもいつも騒がしいネームチェックで申し訳ありません。でも、こう、溢れ出てくる気持ちを伝えたい一心なんですっ！　内容はスクリムウーウッド実食編で、可愛くて元気いっぱいな少女騎士リリアンと麗しのブランシュ隊長の魅力が爆発しております。やんちゃなモフモフ仔天狼との相乗効果も抜群です。メルフィエラとアリスティードのイチャイチャも三割ほど増量しております（笑）。皆様こちらも是非是非よろしくお願いいたします！

最後になりましたが、読者様、編集K様とA様、関係各位の皆様。皆様のおかげで無事三冊目を刊行することができましたことに、この場をお借りして厚く御礼申し上げます。また、送ってくださったお手紙や葉書は全て読ませていただき、大切に保管してあります。このコロナ禍でとても励みになりました。もしお返事がほしいという方がおられましたら、その旨を記載していただけると助かります。季節のショートストーリーをお返事として送らせていただきます。

編集K様におかれましては、料理上手のグルメということが判明致しましたので、次回私の地元でお会いする際はとっておきのお店にご案内します。お互い健康的に摂生しましょう（笑）

それでは、また次の巻でお会い出来ることを祈って。

星(ほし) 彼方(かなた)

# コミカライズ
# 超絶好調！！！！

# 悪食令嬢と狂血公爵

【漫画】水辺チカ

コミックス1～5巻
大好評発売中！！！！

KCXシリウス

コミカライズアプリ
Palcy
&
pixiv
コミック
にて
大好評
連載中
!!!!
悪食令嬢と
狂血公爵
01
水辺チカ
悪食令嬢と
狂血公爵
02
水辺チカ

Kラノベブックスf

# 悪食令嬢と狂血公爵3
## ～その魔物、私が美味しくいただきます！～

星彼方

2023年3月29日第1刷発行

| | |
|---|---|
| 発行者 | 森田浩章 |
| 発行所 | 株式会社 講談社<br>〒112-8001　東京都文京区音羽2-12-21 |
| 電　話 | 出版　(03)5395-3715<br>販売　(03)5395-3608<br>業務　(03)5395-3603 |
| デザイン | ムシカゴグラフィクス |
| 本文データ制作 | 講談社デジタル製作 |
| 印刷所 | 株式会社KPSプロダクツ |
| 製本所 | 株式会社フォーネット社 |

ISBN978-4-06-531307-7　N.D.C.913　273p　19cm
定価はカバーに表示してあります



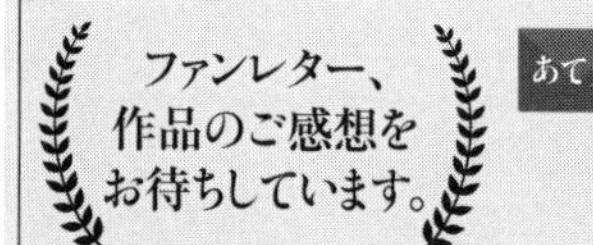


あて先　〒112-8001　東京都文京区音羽2-12-21
(株) 講談社　ラノベ文庫編集部 気付
「星彼方先生」係
「ぺペロン先生」係